羕文虎

YANGXIANWENHU

原创宜兴本土灯谜集

YUANCHUANGYIXINGBENTUDENGMIJI

花灯风摆乐陶乡　阳羕文华藏锦囊

射虎迎春开画卷　寻珠觅趣赶朝阳

宋惠中———— 编

经济日报出版社

图书在版编目(CIP)数据

阳羡文虎：原创宜兴本土灯谜集 / 宋惠中编 . —北京：经济日报出版社，2019. 1
ISBN 978-7-5196-0462-2

Ⅰ. ①阳… Ⅱ. ①宋… Ⅲ. ①灯谜–汇编–中国–当代
Ⅳ. ①I277.8

中国版本图书馆 CIP 数据核字（2019）第 016225 号

书　　名：阳羡文虎：原创宜兴本土灯谜集
编　　者：宋惠中
责任编辑：王　含
责任校对：力　杨
出版发行：经济日报出版社
地　　址：北京市西城区白纸坊东街 2 号（邮编：100054）
电　　话：010-63567690（编辑部）　　63567687（邮购部）
　　　　　010-63516959　63559665　83558469（发行部）
网　　址：www.edpbook.com.cn
E－mail：jjrbcbsbjb@163.com
经　　销：全国新华书店
印　　刷：成都勤德印务有限公司
开　　本：880mm×1230mm　1/32
印　　张：8
字　　数：160 千字
版　　次：2019 年 1 月第一版
印　　次：2019 年 1 月第一次印刷
书　　号：ISBN 978-7-5196-0462-2
定　　价：48.00 元
特别提示：版权所有·盗印必究·印装有误·负责调换

目录

CONTENTS

序

项　行

　　花灯风摆乐陶乡，阳羡文华藏锦囊。射虎迎春开画卷，寻珠觅趣赶朝阳。

　　早在 2015 年"谜语（无锡灯谜）"申报江苏省非物质文化遗产时，就听惠中兄说起，因其在宜兴市文化馆连续举办了多次"元宵谜会"，创作了很多含有宜兴元素的灯谜，日后拟将这些谜作整理，结集出版。不多久，我就见到了《阳羡文虎》初稿的电子版，十八个大类，700 多条灯谜，或智或趣，或庄或谐，很多谜作让人过目不忘。前不久，惠中兄嘱我写序，并将最新版的《阳羡文虎》文稿发给了我，新旧两稿一对比，便知惠中兄这几年又创作了不少灯谜，因为新稿中的灯谜，涵盖的类别已经丰富到了二十三种，汇集的谜作总数量达到 1336 条，县级政区本土谜材挖掘提炼之深之广，全国鲜见。"采摘知深处，烟霞羡独行"。如此一人一心专做一地谜，确实做到了极致。

　　惠中兄的灯谜创作，想是缘于阳羡谜风的熏陶。灯谜，旧称文虎，是一种千百年来流传不衰的文化艺术形式。历史上，灯谜与宜兴渊源悠久。东汉太尉许馘去世后，葬阳羡南门外许墓墩（今迎宾新村内），原立庙祀失修，至唐开元年间，许氏裔孙重建，在碑阴镌刻了"谈马砺毕王田数七"八字，隐"许碑重立"四字，此谜被收录进《全唐诗》第877卷《谚谜》中。明末清初，阳羡词派领袖陈维崧，曾作《烛影摇红·丁巳上元夜泊河桥》词，其中有"今宵一棹缆烟汀，懒打看灯谜"句，在文字上明确记载了300多年前宜兴就有元宵打灯谜的习俗。民国期间，从宜兴走出去的徐凌霄，民国初年与邵飘萍共创《京报》，曾刊发《凌霄汉阁谜话》等谜文谜话，且徐凌霄与其兄徐仁铎、其弟徐一士，同为北平射虎社骨干成员。想是正因为有了古阳羡宜兴谜风的久熏，才有了今天惠中兄的谜脉再续。

　　惠中兄的灯谜创作，想是缘于阳羡溪山的德润。苏东坡曾说"买田阳羡吾将老，从来只为溪山好。"其实，宜兴之好，又何止在溪山。惠中兄是土生土长宜兴人，对于他来说，当然更加熟悉家乡的山与水，了解家乡的人与事。"茶山竹洞水陶人"，无一不是宜兴的名片，都为古今文人所叹咏。而涉及到的历史、人文、政治、经济、地理等相关人物、典故、名称、词汇、诗文，等等，也无一不是惠中兄灯谜创作的绝佳素材。作为最古老的"自媒体"，灯谜除了具有增知、遣兴、怡情等功能外，同时还起着宣传与教化的作用，因此，这些与宜兴息息相关的灯谜，或为面，或为底，每一条灯谜可能只有寥寥数字、只包含一个知识点，而千百条灯谜，就能大抵勾画起宜兴的全貌，让人在享受猜谜之乐的同时，加深对宜兴方方面面的印象，充分感受到这一方水土的特色与魅力。

　　惠中兄的灯谜创作，想是缘于阳羡谜人的情怀。惠中兄上世纪八十年代当兵，入的一直是"武行"，不过他却素好"文虎"，多年来先后在《宜兴日报》、《江南晚报》、《解放军生活》、《中华谜报》等报刊上发表了大量的谜作。转业后从事公安执法工作，繁忙之余，是灯谜让他有了一点静思的时间。近年来，应宜兴市文化部门和网络媒体的邀约，惠中兄利用业余时间，潜心创作适合本地群众猜射的灯谜。这些谜作，离合、会意、象形、拟声诸法兼用，或妙手得句，或引经据典，深入浅出，工巧新奇，且谜作内容与身边的人、事、物紧密关联，尽显阳羡谜人的情怀。为了这次结集出版，惠中兄还花费了大量时间，为每条灯谜都作了较为翔实的解释。这本书，刷新了当地的文艺创作形式，是一张独特的地方文化名片、一份实用的宣传文娱资料、一册定制的灯谜亲民读本、一项可贵的非遗传承成果。

黄绢从来有辞妙，阳羡不待传灯新。相信此书的问世，对新时期如何继承和发扬中国传统文化，必将起到积极推动的作用。愿灯谜这朵小花，在宜兴这片沃土上，开得越来越旺盛！

戊戌孟冬于御风堂

[项行，中国民间文艺家协会灯谜学术专业委员会联络部副部长，无锡市民间文艺家协会副主席，无锡市灯谜学会会长]

一、宜兴历史名人谜

【猜射范围为迄今已故宜兴籍著名人物】

陽羨第一人物

1. 时晚草早谢，岁末壮士别，登舟舟离去，西氿相依恋（宜兴历史名人）

蒋澄（5~75年，东汉亘亭侯，与兄弟蒋默是载入宜兴县志最早的历史人物）。拆字，"时"晚（后部）＝寸，"草"中"早"谢＝艹，"岁"末＝夕，"壮"士别＝丬，以上合成"蒋"；"登舟舟离去"中"舟"抵消，余"登"，"西氿"扣"氵"，相依恋而成"澄"。

2. 马云有心解惑（宜兴历史名人）

许馘（生卒不祥，东汉太尉）。马借代午，云解作说话（言）；有、或（"惑"解除"心"）合成"馘"。

3. 七天作决定（宜兴历史名人）

周处（236~297年，孙吴至西晋时期将领、官吏）。处，决定、决断。

4. 到场致贺词（宜兴历史名人·卷帘格^{注1}）

陈庆之（484~539年，南朝梁将领）。底倒读为"之庆陈"，之，作动词义为"去、到"；陈，述说、讲话。

5. 西陲守将长流芳（宜兴历史名人）

蒋防（792~835年，唐代文学家）。拆字，西"陲"为"阝"；"流芳"别解为"芳"字流动扩散（成"艹、方"），加上"将"，整合得底。

6. 将近二十载，只身在上海（宜兴历史名人）

蒋伸（799～881 年，唐代宰相）。拆字，将+艹（二十）=
蒋；亻（只身，即单人）+申（上海的简称）=伸。

7. 骑马飞将巧取芝（宜兴历史名人）

蒋之奇（1031～1104 年，北宋官吏、诗人）。拆字，"骑"中
"马"飞走为"奇"，加上"将"和"芝"的分解"艹"、"之"，
整合得底。

8. 孤剑之刃（宜兴历史名人）

单锷（1031～1110 年，北宋学者）。锷，刀或剑的刃。

9. 月边下，小舍前，一日别，直挂牵（宜兴历史名人）

余中（生卒不祥，北宋人，宜兴历史上第一个状元）。拆字，
二（"月"边下）+小+人（"舍"前）=余；口（"日"别
"一"）+丨（"直"）=中。

10. 遍地太阳花（宜兴历史名人）

周葵（1098～1174 年，南宋副宰相）。太阳花，葵花的别称。

11. 蔡上将营帐前一见（宜兴历史名人）

蒋芾（1117～1188 年，南宋宰相）。拆字，艹（蔡上）+将=
蒋，艹（营前）+巾（帐前）+一=芾。

12. 林凤大师多瑰宝（宜兴历史名人）

蒋重珍（1188～1249 年，南宋状元）。林凤，宜兴陶艺界中
国工艺美术大师蒋蓉别号；重（读 zhòng]，有"数量多"之义。

13. 慢步行水涯（宜兴历史名人）

徐溥（1428～1499 年，明朝内阁首辅大臣）。徐，作动词有"慢步走"之义；溥，作名词通"浦"，水涯、水边。

14. 奉酒（宜兴历史名人）

供春（1506～1566 年，宜兴紫砂壶的鼻祖）。供，解作"供奉"，读作［gòng］；春，古时酒的代称。

15. 昔日一别重相会，共同翱翔始今朝（宜兴历史名人）

董翰（明嘉靖至隆庆年间人，紫砂名家）。拆字，"昔"去掉"日"、"一"得"艹"，与"重"合成"董"；"翱翔"共同部分为"羽"，"今、朝"两字起始部首为"人、卓"，三者合成"翰"。

16. 一树叶动枝隐离，玉桂映影百灵栖（宜兴历史名人）

时鹏（明嘉靖至隆庆年间人，紫砂名家）。拆字，"一、树、叶"去掉"枝"的笔画，余"一、寸、口"，合成"时"；"玉桂"借代月，"映影"提示成双，"百灵"借代鸟，合成"鹏"。

17. 开端顺利（宜兴历史名人）

元畅（明嘉靖至隆庆年间人，紫砂名家）。元，开端。

18. 飞燕桥（宜兴历史名人）

赵梁（明嘉靖至隆庆年间人，紫砂名家）。飞燕，借代赵飞燕（西汉著名美女）；桥，同梁。

19. 即日寻根天南，梦断黄昏影残（宜兴历史名人）

时大彬（1573~1648 年，明末清初紫砂名家）。拆字，日+寸（"寻"字"根"部）＝时；"天"南＝大；林（"梦"－"夕 [黄昏]"）+彡（"影"残部）＝彬。

20. 延陵望族；廷尉名官（宜兴历史名人）（注：面为吴氏家族祠堂通用联）

吴宗达（1575~1635 年，明代宰相）。上联典出春秋吴季札，下联典出西汉吴公。达，显达、地位高有名望。

21. 嘉庆子季中飘香（宜兴历史名人）

李仲芳（1580~1650 年，明代紫砂名家）。嘉庆子，李子的别称；仲，每季中间之月。

22. 顺镇江西行（宜兴历史名人）

项真（生卒不祥，明代紫砂名家）。拆字，"顺、镇、江"三字西边部首去掉，得"页、真、工"，整合得真。

23. 武则天当朝，承孔子之道（宜兴历史名人）

周延儒（1593~1643 年，明朝状元、内阁首辅）。武则天在位时，国号为周；孔子之道，乃儒家之道。

24. 灾后一天内，前方见重整（宜兴历史名人）

吴炳（1595~1648 年，明末戏曲作家）。拆字，"灾"后扣"火"，加上"一"、"天"、"内"，最前面是"方"（即"口"），重新整合。见，出现，作抱合。

25. 凭君传语报平安（宜兴历史名人）（注：面出［唐］岑参《逢入京使》）

陈于泰（1596～1649年，明代状元）。陈，述说；于，作动词，（带）去；泰，平安。

26. 俄币有涨势（宜兴历史名人）

卢象升（1600～1639年，明末将领）。俄罗斯货币为卢布。

27. 受托发言随大流（宜兴历史名人）

承云从（1621～1644年，明代紫砂名家）。承，受人之托；云，讲话；从，顺从、跟风。

28. 初阳红东部，松山雀高飞（宜兴历史名人）

陈维崧（1625～1682年，明末清初词坛第一人）。拆字，初"阳红"扣"阝纟"，"东"、"松山"明企，"雀"高飞扣"隹"，以上字素整合。部，安排、布置，作抱合。

29. 不许私有化（宜兴历史名人）

允公（生卒不详，清代陶艺名家）。会意反扣。

30. 明前草木盛（宜兴历史名人）

元茂（生卒不详，清代陶艺名家）。明，别解为明朝，之前则为元（朝）；草木盛，义扣"茂"。

31. 男子纹身展（宜兴历史名人）

陈汉文（1702～1765年，清代紫砂名家）。陈，陈设、展览；

汉，男子；文，身体刺画花纹。

32. 捡来险招，与人分享（宜兴历史名人）

邵大亨（1796~1861年，清代紫砂名家）。拆字，险招-捡+人+亨+一＝邵+大+亨。

33. 爱惜生命之路（宜兴历史名人·卷帘格^{注1}）

程寿珍（1858-1939年，清代紫砂名家）。寿，年岁、生命。谜面会意为"珍（惜）寿（命）（路）程"，按格法倒读得底。

34. 打开天窗说亮话（宜兴历史名人）

陈光明（1859~1930年，清代紫砂名家）。陈，陈述、说话。

35. 老时光（宜兴历史名人）

陈辰（生卒不祥，明代清初紫砂名家）。陈，时间久远；辰，时光。

36. "声传海外播戎羌"（宜兴历史名人）（注：面出《红楼梦》中薛宝琴作《怀古绝句·交趾怀古》）

陈鸣远（生卒不祥，清代紫砂名家）。前句为"铜铸金镛振纪纲"，加引号的面句拢意为：陈述鸣响声很远。金镛，即大钟。戎羌，西北部少数民族。

37. 先到首尔，后至曼谷（宜兴历史名人）

韩泰（1864~1926年，清代紫砂名家）。首尔、曼谷各是韩国、泰国首都。

38. 八岁能属文（宜兴历史名人）（注：面出《南史·任昉传》）

童斐（1865~1931 年，近代学者、教育家）。八岁为童；斐，义为"有文采的"。

39. 从一无所有到宽绰富有（宜兴历史名人）

光裕（生卒不详，民国紫砂名家）。会意正扣。

40. 丹心映赫日，赤血染红旗（宜兴历史名人）

朱复（生卒不详，民国紫砂名家）。丹、赫、赤、红与朱均同类颜色。复，许多的、重复。

41. 物资贮存北方弱（宜兴历史名人）

储南强（1876~1959 年，曾任宜兴县长，善卷洞和张公洞规划建设者）。会意反扣。

42. 缓缓升空（宜兴历史名人）

徐凌霄（1882~1961 年，清末民初记者、教授、京剧评论家）。徐，缓缓；凌霄，迫近云霄、高升空中。

43. 商人从军意志坚（宜兴历史名人）

贾士毅（1887~1965 年，民国财政研究大家，曾代理江苏省政府主席）。贾，商人。

44. 慢慢地孩儿懂事了（宜兴历史名人）

徐子明（1888~1973 年，教育家、历史学家，曾在台湾大学执教）。徐，缓慢。

45. 玉容泪始来，枉离恨藏心（宜兴历史名人）

汪宝根（1890~1954 年，近代紫砂名家）。拆字，顿读为：玉/容泪始/来，枉离/恨藏心。玉+宀+氵+木+王+艮。

46. 季孙流辈有条理（宜兴历史名人）

潘序伦（1893~1985 年，中国会计学之父）。季孙，潘姓始祖；序伦，流辈（同辈、同流），有条理，提义复扣。

47. 人人为我伤透心（宜兴历史名人）

徐悲鸿（1895~1953 年，当代画家、美术教育家）。"人人为我"形扣"徐"；鸿，形容程度大。

48. 哀雁缓缓来（宜兴历史名人）

徐悲鸿（同上）。缓缓，徐，缓缓；悲，悲哀；鸿，大雁。

49. 年前又逢新机遇，总理率先有奔头（宜兴历史名人）

朱凤美（1895~1970 年，当代植物病理学家）。拆字，"年"的前两笔、"又"与有新变动的"机"整合，得"朱"、"凤"；"总"、"理"前头部首加上"奔"前头部首，得"美"。

50. 东播西流苏北叔（宜兴历史名人）

潘菽（1897~1988 年，中国现代心理学奠基人、中国科学院院士）。拆字，番（东"播"）+氵（西"流"）=潘，艹（"苏"北）+叔=菽。东播西流，原意指流落四方。

51. 竹帛锦笺隐空中，楼台前头品南岳（宜兴历史名人）

钱松嵒（1899~1985 年，当代画家）。拆字，"竹帛"从"锦笺"中隐去得"钅、戋"，合成"钱"；"空中"为"八"，"楼台前头"为"木、厶"，合成"松"；"南岳"为"山"，与"品"合成"嵒"。

52. "玉龙战退飞鳞甲"（宜兴历史名人）（注：面出［宋］张玉娘《咏竹·雪》）

陈雪屏（1901~1999 年，教育家、心理学家，曾受聘台湾"总统府"资政）。面句陈述了雪隐退之景。屏（读 bǐng），隐退、退避。

53. 普及教育的由来（宜兴历史名人）

周培源（1902~1993，中国近代力学奠基人和理论物理奠基人之一、中国科学院院士，）。周，普及；培，教育；源，由来。

54. 两人一对一，周末来复习（宜兴历史名人）

吴大羽（1903~1988 年，当代油画家、艺术教育家）。拆字，由"人"、"人"、"一"、"一"、"一"（"对一"解作两个"一"）、"口"（"周"字末部）、"羽"（"复习"解作两个"习"）整合而成。

55. 红颜挺合意（宜兴历史名人）

朱可心（1904~1986 年，当代紫砂名家）。朱，红颜色；可心，合意。

56. 盘石山中风吹起（宜兴历史名人）

史岩（1904～1994 年，现代美术史专家、敦煌学先驱）。拆字，顿读为：盘石山/中风/吹起。盘"石山"扣"岩"，"风"中间笔画与"吹"前面笔画组成"史"。

57. 又浪涛翻起，前后舞（宜兴历史名人）

潘汉年（1906～1977 年，当代无产阶级革命战士、马克思主义者）。拆字，"浪、涛"前部为"氵、氵"，与"又"、"番"（"翻"前部）合成"潘、汉"，取"舞"字头尾笔画合成"年"。

58. 千里万里月明（宜兴历史名人）（注：面出［唐］戴叔伦《调笑令》）

周有光（1906～2017 年，语言学家、汉语拼音之父）。拢意得底。

59. 良工锻炼凡几年（宜兴历史名人）（注：面出［唐］郭震《古剑篇》）

徐铸成（1907～1991 年，当代报人）。承启拢意，后句云"铸得宝剑名龙泉"。徐，慢慢地。

60. 今王复来言辞蔼（宜兴历史名人）

葛琴（1907～1995 年，当代编剧）。拆字，复，重复，今+王+王=琴；辞，辞别，蔼－言（讠）=葛。

61. 一人下零丁（宜兴历史名人）（注：零丁洋，在广东珠江口外。典见［宋］文天祥《过零丁洋》"零丁洋里叹零丁"等）

于伶（1907～1997年，当代剧作家、导演）。拆字，"一"+"人"+"令"（"零"下部）+"丁"，整合得底。

62. 太子岂一般（宜兴历史名人）

储安平（1909～1966年，当代学者、政治活动家）。储，储君、太子；安，岂、怎么；平，一般、普通。

63. 路上孤单男（宜兴历史名人）

程一雄（1912～2006年，泌尿外科首创者）。雄，有男子之义。

64. 雨水少，要散苗（宜兴历史名人）

沙蕾（1912～1986年，当代诗人）。拆字，雨、氵（水）、少、艹、田（"苗"散开），可组成"莎"、"雷"或"沙"、"蕾"，唯"沙蕾"是宜兴历史名人。

65. 将未来往前翻（宜兴历史名人）

蒋南翔（1913～1988年，马克思主义教育家、中国青年运动的著名领导者，曾任清华大学校长、教育部长、中央党校第一副校长等职）。拆字法，将，"蒋"字南面（下面），扣"蒋南"；未，借代生肖"羊"；往，去，"翻"去掉前面为"羽"，后两者合成"翔"。

66. 露霞依依北雁来（宜兴历史名人）

蒋南翔（同上）。露霞依依，借代双扣"蒋"，蒋露霞、蒋依依，当红电影女明星。北雁来，扣"南翔"。

67. 呦呦之声（宜兴历史名人）（注：面出［宋］袁甫《三衢效周雅》）

鹿鸣（1913~2003 年，曾任宁夏自治区人大常委会副主任）。音扣+运典。出处前句为"鹿鸣鹿鸣"，另典见《诗经·小雅》："呦呦鹿鸣，食野之苹"。

68. 阊门四望郁苍苍（宜兴历史名人）（注：面出［唐］白居易《登阊门闲望》）

吴浩青（1914~2010 年，物理化学家、化学教育家、中国锂电子电池之父、中国科学院院士）。阊门因历代繁盛而成为古苏州的代名词，苏州古称吴；浩，广远、盛大；郁苍苍，草木青翠茂盛的样子。

69. 上层变革一而再（宜兴历史名人）

高鼎三（1914~2002 年，当代科学家、教育家、中国工程院院士）。鼎，作动词有"变革"之义。

70. 游船（宜兴历史名人）

顾景舟（1915~1996 年，当代陶艺家、中国工艺美术大师）。顾，观看。

71. 伯虎闲游遇幸事（宜兴历史名人）

唐敖庆（1915~2008 年，中国量子化学之父、中国科学院院士）。伯虎，借代唐；敖，闲游；庆，有幸的事。

72. 赴南方油城就职（宜兴历史名人·卷帘格^{注1}）

任茂如（1916~1999 年，宜兴籍第一位解放军少将，原沈阳军区旅大警备区外长山要塞区政委）。南方油城，广东省茂名市（简称茂）的别称。面会意：如茂（名）任（职）。如，到、往。

73. 自古越州兴而和（宜兴历史名人）

史绍熙（1916~2000 年，内燃机之父、中国科学院院士）。越州，绍兴的古称；熙，有兴盛、和乐之义。

74. 明皇传令召见（宜兴历史名人）

朱宣人（1916~2009 年，当代中国兽医病理学教席上第一位教授）。明皇帝借代"朱"。

75. 积水澄天堑（宜兴历史名人）（注：面出［唐］皇甫冉《和樊润州秋日登城楼》）

储江（1916~2011 年，曾任江苏省委书记、江苏省人大常委会主任）。储，有积蓄、汇集之义；天堑，此处指长江，借代"江"。

76. 先后去珠海，共同向东玩（宜兴历史名人）

朱洪元（1917~1992 年，当代理论物理学家、中国科学院院士）。拆字，"珠、海"各去掉前、后部首得"朱、氵"，加上"共"、"玩"东（右）部"元"，整合得底。同往，作抱合。

77. 号洪武，都金陵（宜兴历史名人）（注：面出［宋］王应麟《三字经》）

朱既明（1917~1998 年，病毒学家、预防医学家、中国科学院院士）。面意：朱元璋已建成明朝。

78. 看孙郎（宜兴历史名人）（注：面出［北宋］苏轼《江城子·密洲出猎》）

张权（1919~1992 年，当代女高音歌唱家）。张，别解为看；词云"为报倾城随太守，亲射虎，看孙郎"，孙郎，指孙权。

79. 治理瘠地一十亩（宜兴历史名人）

尹瘦石（1919~1998 年，当代书画家）。尹，有"治理"之义；瘦，有"土地瘠薄"之义；石，别解为用以计量土地面积单位方言［读 dàn］，其具体数量有以一亩为一石，也有以十亩为一石。

80. 孟河医派（宜兴历史名人·掉首格[注2]）（注："孟河医派"系商标名，常州首批非物质世界文化遗产，江苏医家一大流派。孟河，原武进今常州新北区乡镇，历代名医辈出）

吴冠中（1919~2010 年，当代画家、美术教育家）。会意用典，即依据谜面凭借的典故（历史掌故、寓言传说、成语、俗语、古诗词等）联想得底。中国中医学界流传已久一说——"吴中名医甲天下，孟河医派冠吴中"，按格法将"冠吴中"首字与第二字调换位置得底。

81. 苏南浙北超全国（宜兴历史名人）

吴冠中（同上）。吴，作地名时泛指我国东南（江苏南部和浙江北部）一带。冠，作动词有"超过"之义。

82. 成都之奇（宜兴历史名人·秋千格^{注3}）

蒋蓉（1919～2008 年，当代陶艺家、中国工艺美术大师）。成都简称蓉；之奇，借代蒋之奇（宜兴籍宋代名臣、文学家、书法家），谜面会意"蓉蒋"，按格法换位得底。

83. 排列过满（宜兴历史名人）

陈太一（1921～2004 年，通信系统工程专家、中国工程院院士）。陈，排列；太，过于；一（作形容词），全、满。

84. 午睡醒来持公务（宜兴历史名人）

马苏政（1922～2008 年，原工程兵副司令员、大军区副职待遇）。午、马，生肖地支借代；苏，苏醒。

85. 红色发祥（宜兴历史名人）

朱启祯（1927～2014 年，外交部原副部长、中国前驻美国大使）。发，开启；祯，吉祥。

86. 繁华满地凋零尽（宜兴历史名人）（注：面出 [宋] 释行海《咏梅》）

谢光（1929～2017 年，宜兴籍第一位解放军中将，原国防科工委副主任）。谢，花木凋谢。

87. "美哉，中华"（宜兴历史名人）

陈国良（1934～2011 年，金属材料专家、中国工程院院士）。引号表意述说，扣"陈"；美，解作"好，善"之义，同"良"；中华，假借"国"。

88. "喷珠屑玉"、"水何澹澹"（宜兴历史名人）

谭泉海（1939～2017 年，当代陶艺家、中国工艺美术大师）。两句均描写了水，前句描写的是泉，意为水花喷溅象珍珠如碎玉，出自乾隆皇帝题写赞美济南趵突泉之楹联："喷珠屑玉水澜翻，孕鲁育齐相鼎峙"；后句描写的是海，意为海面是多么的浩渺荡漾，出自曹操《观沧海》："水何澹澹，山岛竦峙"。谜面会意成：谭（同"说"的是）泉（水和）海（水）。

89. 又在东郊同赴，前锋峰巅共见（宜兴历史名人）

邓铜山（1943～2016 年，少将，曾任空军政治部副主任）。拆字，又＋阝（东"郊"）＝邓；同＋钅（前"锋"）＝铜；"峰、巅"共同部首＝山。

90.《一人江山》演出前（宜兴历史名人）

汪寅仙（1943～2018 年，当代陶艺家、中国工艺美术大师、中国陶瓷艺术大师）。拆字，一、亻（人）、江、山、寅（"演"出前）整合。

91. 渐向晓（宜兴历史名人）（注：面出 [宋] 欧阳修《踏莎行慢》）

徐达明（1952～2016 年，当代陶艺家、中国陶瓷艺术大师）。徐，渐、慢；达，到往，义近"向"；晓，天明。

二、宜兴烈士英名谜

【猜射范围为本市在革命斗争、保卫祖国、建设祖国中因战因公牺牲的在册烈士】

1. 绝对有利（宜兴烈士英名）

万益（原宜兴中学教师，宜兴农民暴动总指挥，1927 年宜兴就义）。万，作副词有"绝对"之义。

2. 讲述唐太宗（宜兴烈士英名）

陈世民（原宜兴东南八乡农民协会会长，1927 年被捕就义）。陈，陈述；唐太宗，李世民。

3. 往昔磨墨香（宜兴烈士英名）

史砚芬（原共青团江苏省委沪宁线巡视员，1928 年南京雨花台就义）。砚，磨墨文具。

4. 乾隆弃清高，增岁活得长（宜兴烈士英名）

宗益寿（原红军七军团抗日先遣队地方工作部长，1934 年长征途中因战牺牲）。乾隆即清高宗，去掉"清高"余"宗"。

5. 家族更繁盛（宜兴烈士英名）

宗益茂（原中央保卫局侦察员，1935 年长征途中因战牺牲）。益，更加。

6. 季末枝头飘香馥（宜兴烈士英名）

李复（原驻和桥史家庄新四军二支队独立二团副团长，1940 年武进因战牺牲）。拆字，"季"末为"子"，"枝"头为"木"，合成"李"；"馥"去掉"香"，得"复"。

7. 始终梦想干前头（宜兴烈士英名）

林心平（原金坛宜兴等五县联合抗日民主政府文教科科长、宜兴县官林区区长，1942年在官林被日寇杀害）。拆字，"梦、想"之始、终扣"林、心"，"干"与"前"头合成"平"。

8. 起伏万千上下奇（宜兴烈士英名）

任大可（原锡宜武三县行政委员会筹备会常委兼秘书，1942年宜兴谈家圩因战牺牲）。拆字，面顿读为：起/伏万/千/上下奇，"伏万"起笔为"亻、一"，加上"千"得"任"；"奇"上、下为"大、可"。

9. 派别联合立标准（宜兴烈士英名）

宗连法（原新四军三团政委，1942年冀中因战牺牲）。宗，宗派、派别；连，结合、联合；法，标准。

10. 济南搬运到成都（宜兴烈士英名）

鲁盘川（原宜兴县大塍乡代乡长，1943年被捕就义）。盘，搬运；济南、成都各借代山东（鲁）、四川（川）。

11. 红军之父清正无私（宜兴烈士英名）

朱廉（原武宜支队司令，1943年宜兴王婆桥因战牺牲）。红军之父，朱德。

12. 积蓄都一样（宜兴烈士英名）

储平（原金坛县政府警卫连连长，1944年臧林竹舍因战牺牲）。平，均等。

13. 有了积累幸运来 （宜兴烈士英名）

储福生（原新四军某部排长，1945 年茅山因战牺牲）。储，积累、积蓄；生，产生。

14. 片言出口生辉光 （宜兴烈士英名）（注：面出 ［唐］ 李颀《行路难·汉家名臣杨德祖》）

陈明（原新四军六师十六旅一营救护队医生，1945 年浙江德清因战牺牲）。陈，述说。

15. 何为出色男儿 （宜兴烈士英名）

胡杰夫（原新四军苏南行政公署区财经人员，1945 年滆湖因战牺牲）。胡，作疑问词，何、怎样。

16. 心退隐莫起性，种草木留爱心 （宜兴烈士英名）

邹生荣（原宜兴区大队战士，1945 年万石桥因战牺牲）。拆字，隐-心=邹，性-忄=生，艹+木+冖（"爱"心）=荣。

17. 笨拙孩子弄暗香 （宜兴烈士英名）

鲁小梅（原闸口区委书记兼妇女主任，1945 年宜兴陈塘桥因战牺牲）。鲁，笨拙；小，孩子；梅，代称暗香。

18. 临安府及第 （宜兴烈士英名）

杭科中（原华中野战军六纵四十八团三营九连指导员，1946 年涟水因战牺牲）。南宋定都杭州时称临安府；及弟，科举考试中选。

19. 四处标识地下水（宜兴烈士英名）

周志泉（原宜兴县塘宋区区长，1946 年宜兴杨家村被捕就义）。志，标识。

20. 话说大熊猫（宜兴烈士英名）

陈国宝（原华中野战军战士，1946 年宣家堡战斗牺牲）。陈，述说。大熊猫是我国举世闻名的国宝。

21. 限制竹木成片长（宜兴烈士英名）

范林生（原金坛县警卫连连长，1946 年金坛因战牺牲）。范，限制（如：防范）；生，生长、滋长。

22. 子女未有剖腹产（宜兴烈士英名）

丁顺生（原华中野战军六纵四十八团九连战士，1946 年兴化因战牺牲）。丁，家庭人口；生，生育。

23. 基督将军奉意旨（宜兴烈士英名）

冯承志（原新四军某部战士，1946 年苏北黄河因战牺牲）。基督将军，冯玉祥别称；承志，奉迎意旨。

24. 辟邪首饰（宜兴烈士英名）

戴祥（原东南行署启东区路东财经分所所长，1947 年启东战斗牺牲）。祥，吉祥。

25. 祖传天子诏（宜兴烈士英名）

宗玉书（原宜兴农抗会长，1948 年被捕就义）。宗，作名词有祖先之义，作动词有尊奉之义；玉书，古指天子诏书。

26. 恨水浩洋而不息（宜兴烈士英名）

仇大洪（原华东野战军一纵一师三营副排长，1948 年淮海战役牺牲）。恨，仇；水浩洋而不息，语出《淮南子·览冥篇》，喻大洪水。

27. 俯仰凭寥廓（宜兴烈士英名）（注：面出［唐］刘允济《经庐岳回望江州想洛川有作》）

张浩（原华东野战军六纵四十八团九连战士，1948 年淮海战役牺牲）。寥廓，广远，义同浩。

28. 宣统颁布退位诏（宜兴烈士英名）

毕清寿（原宜兴龙池乡中队长，1949 年张渚山区因战牺牲）。底解作：终结了清朝的寿命。

29. 松坡息乱显盛景（宜兴烈士英名）

蔡平昌（原宜兴铜官区大队战士，1949 年渡江战役牺牲）。蔡锷将军，别名蔡松坡、字松坡。

30. 由随大水发起来（宜兴烈士英名）

任洪兴（原宜兴县太华乡乡长，1949 年被武装匪特杀害）。洪，大水。

31. 族首奋起谋旺盛（宜兴烈士英名）

王振兴（原炮兵五二一团二营六连副连长，1951 年厦门因公牺牲）。王，有一族或一类中的首领之义。

32. "十一"讲话（宜兴烈士英名）

陈国庆（原解放军某部快速纵队一团一营排长，1952年泰兴因公牺牲）。陈，陈述、讲话。

33. 旧律不熟（宜兴烈士英名）

陈法生（原志愿军铁道兵二十一团二营五连副排长，1952年朝鲜因战牺牲）。旧，陈旧；律，法则。

34. 君主才优受人敬（宜兴烈士英名）

王茂荣（原志愿军二十五军七十三师二一八团担架连战士，1953年朝鲜因战牺牲）。茂，有才能优秀之义；荣，有受人敬重之义。

35. 后稷不寻常（宜兴烈士英名）

周祖奇（原〇九四一部队独立二分队排长，1955年厦门因公牺牲）。后稷，周族始祖。

36. 不怎么爱惜（宜兴烈士英名）

弗大珍（原〇〇八〇部队一支队一中队三分队战士，1955年一江山岛因战牺牲）。弗，不。

37. 时久父兄已不识（宜兴烈士英名）

陈伯生（原九一七三部队二十一支队独立二分队，1958年福建因战牺牲）。陈，时间久远；伯，父亲的哥哥；生，陌生。

38. 遍绕篱边日渐斜（宜兴烈士英名）（注：面出［唐］元稹《菊花》）

周明远（原七五九六部队连长，1961 年西安因公牺牲）。周，遍及、环绕；日渐斜，阳光远去。

39. 烈士暮年，壮心不已（宜兴烈士英名）（注：面出［三国］曹操《步出夏门行·龟虽寿》）

曹尚志（原七四二部队研究所副主任，1962 年驻地因公牺牲）。面意为：英雄到了晚年，壮志雄心不衰减。底解作：曹操推崇的志向。尚，注重、推崇。

40. 跛足好转添活力（宜兴烈士英名）

蹇良生（原航空兵二十四师司令部机务处飞行员，1978 年驻地因公牺牲）。蹇，跛足。

41. 蜀汉先主品行彰（宜兴烈士英名）

刘德明（原十三军一一三团七连战士，1979 年对越自卫还击战牺牲）。蜀汉先主，刘备；彰，表明、明显。

42. 潇湘妃子冠花草（宜兴烈士英名·上楼格^{注7}）

戴芳林（原五三七三九部队政治处组织股长，1979 年对越自卫还击战牺牲）。潇湘妃子，《红楼梦》女主角林黛玉别称；芳，花草。按格法，底读作"林戴芳"扣面。

43. 望南梦北晖西落（宜兴烈士英名）

王林军（原航空兵十三师三十七团飞行大队领航副主任，

1989 年河南通许县上空战备飞行中牺牲)。拆字,"望"南=王,
"梦"北=林,晖—日 ("晖"西落) =军。

44. 性鸷猛,有智谋,临阵对敌,果毅无前(宜兴烈士英名)
(注:面出 [明] 徐纮《明名臣琬琰录》)

王志强(原徐舍镇个体司机,1989 年因抓小偷牺牲)。面为
明初大臣刘三吾对明朝开国将领(后追封许国公)王志评价语。

45. 不问君是谁(宜兴烈士英名) (注:面出 [唐] 李颀
《赠别高三十五》)

莫盘龙(原宜兴大塍镇汇龙村村民,1991 年在抗洪救灾中触
电牺牲)。盘,盘问;龙,借代君主、帝皇。

46. 红色始染茅蒐草(宜兴烈士英名)

朱肇茜(原海军航空兵三八二六四部队中尉飞行员,1995 年
在海南战备飞行中牺牲)。肇,最初、开始;茅蒐草,即茜草,
可作红色染料。

47. 聪慧爽直李秀成(宜兴烈士英名·卷帘格^{注1})

王忠明(原张泽山林村达菱公司办公室主任、生产科长,
1996 年因扑救森林火灾牺牲)。按格法底倒读"明忠王"扣面
意,明,有聪慧、爽直之义;忠王,李秀成太平天国时封号,梁
启超评价其"聪慧明敏,富于谋略,胆气绝伦"。

48. "我是一个兵"(宜兴烈士英名)

陈自军(原武警江西总队萍乡市支队上栗区中队战士,1997

年在围捕重大持枪杀人犯中牺牲）。底解作：说自己是个军人。

49. 四海称帝为王（宜兴烈士英名）

周龙君（原五二八一九部队卫生队副队长，1998年赴内蒙古科左后旗胜利农场抗洪抢险中牺牲）。龙，皇帝的象征；王，君主。

50. 竽声合我意，春重星夜约（宜兴烈士英名）

余林生（原丁山监狱狱政科副科长，1998年在执行监管任务时被罪犯杀害）。音、形、义混扣，余（读 yú），声同"竽"，义同"我"；春，扣"木"（五行与四季的借代），重，重复；星无日（夜）扣"生"；约，作抱合。

51. 一声好似轰雷震，独退曹家百万兵（宜兴烈士英名）（注：面出［元末明初］罗贯中《三国演义》）

张勇（原九三五二厂科研所副所长，2001年在马山实验靶场牺牲）。面句描述张飞的勇猛。

三、宜兴乡贤名人谜

【猜射范围为定居他乡的宜兴籍各界知名人士】

1. 预测预示要考取（宜兴乡贤名人）

虞兆中（1915 年生，土木工程学家、教育家，曾任国立台湾大学校长）。虞，预测；兆，预示；中，考试被录取。

2. 全面借鉴（宜兴乡贤名人）

周镜（1925 年生，岩土工程学家、中国工程院院士）。周，全面；镜，借鉴。

3. 人在仙界有法度（宜兴乡贤名人·卷帘格[注1]）

程天民（1927 年生，防原医学与病理学家、中国工程院院士）。人，民；天，仙界；程，法度。按格法底倒读扣面。

4. 路段熔化之际（宜兴乡贤名人）

程镕时（1927 年生，中国高分子物理学科开拓者、中国科学院院士）。镕，熔化。

5. 游西湖，花前从容重逢（宜兴乡贤名人）

胡蓉蓉（1929 生，舞蹈家、我国第一个跳芭蕾舞的人）。拆字，"湖"舍西（左）部得"胡"，"花"前部"艹"与"容"合成"蓉"，重复。

6. 法规汇编（宜兴乡贤名人）

章综（1929 年生，物理学家、中国科学院院士）。章，法规、规章。

7. 戈壁有幸成绿洲（宜兴乡贤名人）

沙庆林（1930 年生，道路工程专家、中国工程院院士）。庆，作名词时有"有幸的事"之义。

8. 月边来倾吐，真心两夕处（宜兴乡贤名人）

周三多（1933 年生，南京大学企业管理系教授、博导、江苏省人民政府参事）。拆字，"月边"为"冂"，与"吐"整合，得"周"；"真"字中心，得"三"；"两夕"得"多"。

9. 竹山先生颂安定（宜兴乡贤名人）

蒋祝平（1937 年，曾任湖北省委书记）。竹山先生，宜兴籍南宋词人蒋捷的别名。祝，祝颂。

10. 过去富饶多钱物（宜兴乡贤名人）

曾裕财（1937 年生，原解放军总参办公厅主任、少将）。曾，过去。

11. 玄奘不识取经路（宜兴乡贤名人）

唐西生（1938 年生，核技术应用专家、中国工程院院士）。面会意为：唐僧西去生疏。

12. 黟山吉祥迎客（宜兴乡贤名人）

黄瑞松（1938 年生，飞航技术专家、中国工程院院士）。黟山，黄山的别称；迎客，借代"松"。

13. 天女云飞去三方（宜兴乡贤名人）

吴中如（1939 年生，水工结构专家、中国工程院院士）。拆字，"天"、"女"明企，"云飞去"（去—云）得"｜"，"三方"扣"口、口、口"，以上整合而成。

14. 汉魏故都双出游（宜兴乡贤名人）

许敖敖（1940 年生，天文学家、高等教育家，曾任澳门科技大学校长）。汉魏故都，许昌（简称许）；敖，出游也——《说文》。

15. 不忍离舍李诵帝（宜兴乡贤名人·卷帘格注1）

宗顺留（1941 年生，原沈阳军区副司令员、中将）。唐帝李诵，庙号顺宗。留，不忍离舍。面解作：留顺宗，按格法倒读得底。

16. 君主统万众（宜兴乡贤名人）

王宏民（1941 年生，曾任无锡市市长、南京市市长、省扶贫工作小组副组长）。宏，广大；民，民众。

17. 全是好君主（宜兴乡贤名人·卷帘格注1）

王良均（1942 年生，少将，曾任陆军 28 集团军军长、北京军区副参谋长）。面会意：均良王，按格法倒读得底。

18. 二十为将义一生，朋友前赴助头阵（宜兴乡贤名人）

蒋文郁（1942 年生，少将，曾任江苏省军区司令员）。拆字，艹（二十）+将=蒋，义+一=文，有（"朋、友"前面部首）+阝（头"阵"）=郁。

19. 琼西重赴渝东（宜兴乡贤名人）

王瑜（1943 年生，台湾杰出女科学家、台湾"中研院"院士、台湾大学理学院原院长）。拆字，王、王（"琼"西重复）、俞（"渝"东）整合。

20. 使者相告泪撒裙（宜兴乡贤名人）

褚君浩（1945 年生，物理学家、中国科学院院士）。拆字，者+告+氵（泪）＋礻+君（"裙"撒开）。

21. 金庸传授接班人（宜兴乡贤名人）

查培新（1946 年生，曾任驻英国大使、全国人大外事委员会副主任委员）。金庸，原名查良镛。

22. 哪位学子底子深（宜兴乡贤名人）

何生厚（1946 年生，石油工程技术专家、曾任中石化油田勘探开发事业部主任）。何，谁。

23. 大漠始安定（宜兴乡贤名人）

沙祖康（1947 年生，原联合国副秘书长）。祖，作名词有"初始"之义；康，作形容词有"安定"之义。

24. 轩辕九州尽繁盛（宜兴乡贤名人）

黄国荣（1947 年生，军旅作家、解放军文艺出版社原副社长、专业技术正军级）。轩辕，黄帝；九州，我国别称。

25. 华夷见细流（宜兴乡贤名人）（注：面出［唐］齐己
《登祝融峰》）

周小川（1948 年生，十二届全国政协副主席、中国人民银行
行长）。华夷，泛指整个中国和外国。周，有到处、普遍之义。

26. 红粉国度花草香（宜兴乡贤名人）

朱邦芬（1948 年生，物理学家、中国科学院院士）。邦，国；
芬，花草之香。

27. 满目青青松间竹（宜兴乡贤名人）（注：面出［元］王
丹桂《凤栖梧·山居遣兴》）

张全林（1949 年生，少将，曾任成都军区联勤部副部长）。
张，看。

28. "臣心一片磁针石"（宜兴乡贤名人）（注：面自［宋］
文天祥《扬子江》）

陈志南（1952 年生，细胞生物学与肿瘤生物学家、中国工程
院院士）。诗云"～，不指南方不肯休"，表达了作者文天祥虽身
陷囹圄，仍心向南宋、宁死南归的一片爱国之情。加引号，扣
"陈（陈述）"。

29. 明代国产货（宜兴乡贤名人）

朱邦造（1952 年生，曾任外交部新闻司司长、多国大使）。
朝代帝王借代，明代扣"朱"；邦，国家。

30. 土地是财富之母（宜兴乡贤名人）（注：面系英国古典政治经济学之父、统计学创始人威廉·配第名言，马克思《资本论》中引用）

田金生（1953 年生，少将，曾任上海警备区政治部主任）。田，种植农作物的土地。

31. 周末二人又会歌后（宜兴乡贤名人）

吴欢（1953 年生，作家、书画家、中国文联香港分会执行副主席）。拆字，口（"周"末）+二+人+又+欠（"歌"后）= 吴欢。

32. 六九〇年九月九日起（宜兴乡贤名人·上楼格[注7]）

周元武（1954 年生，湖北经济学院党委书记）。是日，武则天宣布改唐为周，自立为帝，建立武周。按格法将谜底末字移置首位，读成"武周元"扣合面意，元，起始。

33. 红花骨朵山木樨（宜兴乡贤名人）

朱蓓薇（1957 年生，食品工程专家，中国工程院院士）。朱，红；蓓，含苞未放的花，即花骨朵；薇，草名，又名山木樨（亦称大巢菜、野豌豆）。

34. 一棹江西行，此来未及群（宜兴乡贤名人）（注：后句出自 [唐] 鲍溶《经隐叟》）

王卓君（1958 年生，曾任苏州大学党委书记、南京工业大学党委书记）。拆字，"棹江"西（左）部去掉得"卓工"，与"一"整合为"王卓"；后句解作：此（字）来了"未"（借代羊）就到了"群"，扣"君"。

35. 江山坐得稳（宜兴乡贤名人）

王作安（1958 年生，国家宗教事务局局长、第十八届中央委员）。面拢意为：帝王当得安稳。

36. 信是凯风化琼瑶（宜兴乡贤名人）

任南琪（1959 年生，环境科学与工程专家、中国工程院院士）。信，放任；凯风，南风；琼瑶，琪，美玉。

37. 为百姓出点子赚票子（宜兴乡贤名人·卷帘格[注1]）

钱智民（1960 年生，现任国家电力投资集团公司董事长、党组书记）。按格法底倒读"民、智、钱"扣面。

38. 起看朝阳暹（宜兴乡贤名人）（注：面出 [宋] 王安石《和平甫舟中望九华山二首》）

张旭（1961 年生，上海生命科学研究院研究员、中国科学院院士）。暹，太阳升起。张，看、望。

39. 男儿誉满部队（宜兴乡贤名人）

丁荣军（1961 年生，轨道交通牵引电传动和网络控制专家、中国工程院院士）。丁，成年男子；誉，荣誉。

40. 江东山色佳（宜兴乡贤名人）

吴岳良（1962 年生，理论物理学家、中国科学院院士）。江东，借代吴；岳，山。

41. 事情失败要牢记（宜兴乡贤名人）

黄铭（1963 年生，少将，纪念抗战胜利 70 周年大阅兵领队、2017 年任驻张家口陆军第 81 集团军军长）。黄，有"事情失败、计划不能实现"之义；铭，有"牢记不忘"之义。

42. 耗资保安定（宜兴乡贤名人）

钱卫平（1963 年生，中国航天测控通信系统总设计师）。卫，保卫；平，安定。

43. 七个晚上彻底除（宜兴乡贤名人）

周夕根（1964 年生，少将，纪念抗战胜利 70 周年大阅兵领队、2017 年任上海警备区副政委）。周，七天；夕，晚上；根，根除。

44. 老百姓（宜兴乡贤名人）

陈群（1964 年生，民盟上海市委主委、2018 年 1 月任上海市副市长）。面顿读为：老/百姓，老，陈旧；百姓，群。

45. 为师先廉洁（宜兴乡贤名人）

傅首清（1965 年生，北京市海淀区政协主席，2018 年 1 月任河北省雄安新区党工委委员、管委会副主任）。傅，师傅；首，先；清，廉洁。

46. 谪仙标韵胜琼枝（宜兴乡贤名人）（注：面出 [宋] 王千秋《虞美人·寄李公定》）

李俊（1965 年生，国家卫星气象中心海外首席科学家）。面句形容李白相貌英俊。

47. 武德元年五月甲子，即皇帝位于太极殿（宜兴乡贤名人）（注：面出《新唐书·本纪第一》）

唐立（1965 年生，北京应用物理与计算数学研究所副所长、中国工程院院士）。面意：唐朝建立。武德元年（618 年），唐高祖李渊登基称帝。

48. 从文门第听悦音，府前隶联书安宁（宜兴乡贤名人）

闵乐康（1966 年生，国家一级指挥、江苏省交响乐团客席指挥，南京航空航天大学艺术学院教授）。从文门第，形扣"闵"；听悦音，音、义双扣"乐"（读 yuè、义为声音）；府前隶联书/安宁，形、义双扣"康"（"府"前的"广"与"隶"联一起书写得"康"，有安宁之字义）。

49. 周朝乐歌美名扬（宜兴乡贤名人）

雅芬（1968 年生，武警文工团民族女高音歌唱家）。雅，周代朝廷上的乐歌（如：风雅颂）；芬，喻盛德或美名。

50. 冲天大将军余勇可贾（宜兴乡贤名人）

黄富强（1969 年生，新能源材料专家，中国科学院上海硅酸盐研究所研究员）。冲天大将军，唐末农民起义领袖黄巢别称。余勇可贾，意为还有充足的勇气和力量可使。富，富有充足；强，勇猛有力。

51. 大智（宜兴乡贤名人）

盛慧（1978 年生，作家、资深媒体人，佛山市作家协会副主席）。盛，大。

52. 三下西汍（宜兴乡贤名人）

卞兰（1986年生，中国国家女子篮球队运动员，屡获亚运会、亚锦赛冠亚军）。拆字，"汍"字的西部（上北下南左西右东）为"氵"，与"三""下"整合得底。

53. 阳光帅哥（宜兴乡贤名人·卷帘格[注1]）

丁俊晖（1987年生，中国男子台球队运动员、斯诺克球手，两度被世界台联排名第一）。"阳光"扣"晖"，"帅"扣"俊"，"哥"扣"丁"，按格法倒读得底。

54. 中国北京史话（宜兴乡贤名人·卷帘格[注1]）

谈燕华（1990年生，中国女子坐式排球队运动员，曾获残奥坐式排球冠军）。中国、北京史称"华""燕"，"话"扣"谈"，按格法底倒读扣面。

四、宜兴陶艺名人谜

【猜射范围为本市取得陶艺类工艺美术专业技术中级职称以上从业者】

1. 余行河西共艰难，双手撑出一片春（宜兴陶艺名人）

徐汉棠（1932 年生）。"行、河"之西"形扣"彳"、"氵"，"艰、难"共同部首为"又"，以上整合则得"徐"、"汉"。"双手"从"撑"字中出去，剩"尚"，"春"借代"木"（四季与五行借代：春属木、夏属火、秋属金、冬属水），两者整合得"棠"。

2. 前面征途难见，高堂持杖泪起（宜兴陶艺名人）

徐汉棠（1932 年生）。拆字，"征途难"前面各为"彳、余、又"，"堂"取上部，"杖泪"起笔为"木、氵"，以上整合而成。见、持，作抱合。

3. 渐露娇姿花贵妃（宜兴陶艺名人）

徐秀棠（1937 年生）。花贵妃，海棠的美称，扣"棠"；渐，慢慢地，扣"徐"。

4. 贞观、开元之治（宜兴陶艺名人）

李昌鸿（1937 年生）。史载，唐太宗李世民（年号贞观）、唐玄宗李隆基（年号开元）执政期间，先后出现两个盛世。李，以皇帝姓氏借代唐朝；昌、鸿，均有兴盛之义。

5. 看一路花开（宜兴陶艺名人）

顾道荣（1937 年生）。顾，看；道，路；荣，有草木开花之义。

6. 头绪理出了（宜兴陶艺名人）

倪顺生（1938 年生）。倪，头绪；顺，整理；生，产生。

7. 一日曲安解心怨，半盆花芳香宜人（宜兴陶艺名人）

曹婉芬（1940 年生）。拆字，"一、日、曲"整合为"曹"；"安"、"夗"（解心怨）整合为"婉"；"盆、花"各取半，整合为"芬"，"芳香宜人"以义复扣。

8. 为啥支持原来的（宜兴陶艺名人）

何挺初（1940 年生）。挺，口语作"支持"解。

9. 承恩晋北得安宁（宜兴陶艺名人）

吴亚平（1940 年生）。综合混扣：借代，承恩借代吴承恩（明代小说家、《西游记》作者）扣"吴"；拆字，"晋"字北部扣"亚"；安宁，会意扣"平"。

10. 移位即可（宜兴陶艺名人）

何六一（1940 年生）。"位"与"可"笔画重组。即，作抱合。

11. 王建黄袍加身（宜兴陶艺名人）

高丽君（1940 年生）。史载 918 年，值中国五代之乱，泰封国大将王建被部将黄袍加身，在朝鲜半岛建立高丽王朝，成为开国君主。

12. 孙皇后加冠得宠（宜兴陶艺名人）

王小龙（1940年生）。拆字法，"孙"、"皇"两字的后面部首各为"小"、"王"，"加冠得宠"扣"龙"。

13. 限制大虎跑（宜兴陶艺名人）

范洪泉（1941年生）。范，有限制之义；洪，义同大；虎跑，借代虎跑泉（位于杭州，有天下第三泉之称）。

14. 卧前翘首待格格（宜兴陶艺名人）

吕尧臣（1942年生）。"卧"字前面为"臣"；"翘"字前端为"尧"；格，形扣"口"，两口成"吕"；待，义解"要"，作抱合。

15. 封太子（宜兴陶艺名人）

储立之（1942年生）。储，储君、太子。

16. 广西瑰宝遍天下（宜兴陶艺名人）

周桂珍（1943年生）。"广西"借代"桂"，"瑰宝"会意"珍"，"遍天下"会意"周"。

17. 模特长得好（宜兴陶艺名人）

范永良（1943年生）。长（读 cháng），长久、永远。

18. 放舟共聚，首人入河（宜兴陶艺名人）

何道洪（1943年生）。拆字，之（舟象形）＋共＋首＋亻（人）＋氵＋可。

19. 天明登前途（宜兴陶艺名人） （注：面出［唐］杜甫《石壕吏》）

程辉（1944 年生）。辉，指晨光，东晋·陈寿《三国志·魏志》："朝旦为辉，日中为光"。

20. 解困得一星（宜兴陶艺名人）

束旦生（1944 年生）。拆字，"困"分解后再与"一"、"星"重组。

21. 观赏霜叶美（宜兴陶艺名人）

张红华（1944 年生）。观赏，扣"张"（别解为看）；霜叶，借代红色；美，同义扣"华"。

22. 南藩守寸土，联手干前头（宜兴陶艺名人）

潘持平（1945 年生）。拆字，南"藩"＝潘，寸＋土＋手（扌）＝持，干＋丷（"前"头）＝平。

23. 天堂的原乡真棒（宜兴陶艺名人）

毛国强（1945 年生）。谜底顿读为"毛国/强"，"天堂的原乡"是毛里求斯共和国的美称，源于大文豪马克吐温的赞辞。真棒，意同口语"强"。

24. 恩来总理敬父亲（宜兴陶艺名人）

周尊严（1945 年生）。严，父亲的尊称。

25. 访鲁迅故乡，促学生成长（宜兴陶艺名人）

顾绍培（1945 年生）。访问、拜访，"顾"之基本字义；鲁迅故里在绍兴，简称"绍"；促学生成长，拢意"培"。

26. 扬手别西江口，江上鸿终翱游（宜兴陶艺名人）

汤鸣皋（1945 年生）。拆字，扬-手（扌）+氵（西"江"）= 汤，口+鸿-江=鸣，翱羽（"翱"后部）=皋。

27. 发愤著春秋，掩夺日月光（宜兴陶艺名人）（注：面出[明]《永乐大典卷十三：周濂溪集》）

鲍志强（1946 年生）。面句为北宋文学家周敦颐评价春秋时期齐国大夫鲍叔牙的诗句，拢意为鲍叔牙立志图强。

28. 奉天男儿有活力（宜兴陶艺名人）

沈汉生（1946 年生）。奉天，沈阳的别称；生，有生命力、有活力。

29. 如天降女，眉梢闭月（宜兴陶艺名人）

吴小楣（1948 年生）。拆字，口（如-女）+天+眉+木+小（梢-月）。

30. 关注临床带教（宜兴陶艺名人）

顾治培（1949 年生）。顾，关怀、注意；临床，治疗。

31. 昌黎微风来（宜兴陶艺名人）

韩小虎（1950 年生）。人名借代：昌黎/韩，昌黎本指河北县名、东汉至南北朝时辽宁古县名，此处别解为人名，韩愈世称韩昌黎；物名借代：风/虎，源于《周易·乾》："同声相应，同气相求。水流湿，火就燥。云从龙，风从虎。"

32. 南望寿西湖（宜兴陶艺名人）

王涛（1950 年生，另有同名八零、九零后数人）。拆字，南"望"＝王，寿+氵（西"湖"）＝涛。寿西湖，位于安徽寿县。

33. 得志奋勉美名扬（宜兴陶艺名人）

杨勤芳（1951 年生）。得志，借代杨得志；勤，勤奋、勤勉；芳，喻美名或美德。

34. "搞掂了"（宜兴陶艺名人）

陈成（1952 年生）。谜面为广东口头言，因加引号，拢意为：述说成功了（陈，述说）。

35. 原告被告北京漂（宜兴陶艺名人）

曹燕萍（1953 年生）。曹，古代指诉讼的原告和被告（谓两曹）；燕，北京的古称；萍，有漂泊之义。

36. 闲适平静如绿水（宜兴陶艺名人）

徐安碧（1953 年生）。徐，作形容词有"闲适的样子"之义；安，平静；碧，常指代绿水；如，别解"到，往"，作抱合。

37. 说来意已决（宜兴陶艺名人）

谈志坚（1954 年生）。志坚，意志坚定。

38. 赠予影帝周润发（宜兴陶艺名人）

施小马（1954年生）。周润发，别名小马哥。

39. 大洪统领三合会（宜兴陶艺名人）

方卫明（1954年生）。大洪，即方大洪，郑成功部将，明末清初反清复明爱国组织洪门"前五祖"（又称"少林五祖"）之一，在全国创设统领"三合会"秘密开展护国活动。底解作：方大洪保卫明朝。

40. 唐皇护能人（宜兴陶艺名人）

李守才（1954年生）。唐皇，唐朝皇帝为李姓（武则天称帝期间改国号为周），借代"李"。

41. 收藏古钱币（宜兴陶艺名人）

储集泉（1954年）。泉，古钱币。

42. 议和书（宜兴陶艺名人）

陈建平（1954年生）。陈，有"陈述，述说"之义；建，有"提出，倡议"之义；平，有"和平，和好"之义。

43. 西北创大业，一方又求变（宜兴陶艺名人）

吴亚亦（1954年生）。拆字，一（"西"北）+大+业+一+口（"方"象形）+变－又，整合得底。

44. 中华善报（宜兴陶艺名人）（注：中华善报国学研究会是由著名书画印家、慈善家无墨创办的社团，下设《中华善报》

专刊、中华善报文艺传播中心等）

陈国良（1954 年生）。中华，借代"国"；善，义同"良"；报，别解为"报道"，扣"陈（述说）"。

45. 天子之邦吉利兆（宜兴陶艺名人）

王国祥（1954 年生）。邦，国家。

46. 昂首一曲始开业，年终岁末收鱼米（宜兴陶艺名人）

曹亚鳞（1955 年生）。拆字，日（"昂"首）+一+曲＝曹；一（始"开"）+业＝亚；"年"后部+夕（"岁"末）+鱼+米＝鳞。

47. 节前将到南京，生产须放首位（宜兴陶艺名人）

蒋小彦（1955 年生）。拆字，艹（"节"前）+将＝蒋，南"京"＝小，产+彡（"须"首）＝彦。

48. 星宿老怪大不逆（宜兴陶艺名人）

丁洪顺（1955 年生）。星宿老怪，金庸《天龙八部》人物丁春秋；大，义同"洪"；不逆，反扣"顺"。

49. 百度一下"白鹿禅师"（宜兴陶艺名人）

查元康（1955 年生）。"白鹿禅师"原名元康。

50. 打造空中花园（宜兴陶艺名人）

高建芳（1956 年生）。拢意得底。

51. 幼主初登基（宜兴陶艺名人）

方小龙（1956 年生）。皇帝，借代龙。

52. 成功骏烈，卓乎盛矣（宜兴陶艺名人）（注：面出《明史·成祖本纪》）

朱建伟（1956 年生）。面句评价明成祖朱棣的建树卓越。

53. 待到秋来九月八（宜兴陶艺名人）（注：面出［唐］黄巢《不第后赋菊》）

黄自英（1956 年生）。诗云"待到秋来九月八，我花开后百花杀"，承启拢意。黄，借代菊。

54. 超常品质，超群才智（宜兴陶艺名人）

强德俊（1957 年生）。强，程度高、胜过平常；德，品质、品行；俊，才智超群的人。

55. 扶不起的阿斗（宜兴陶艺名人）

刘建平（1957 年生）。面意：（三国时期蜀汉怀帝）刘禅建树平庸。

56. 左唱右和天鸟归（宜兴陶艺名人）

吴鸣（1957 年生）。拆字，口（左"唱"）＋口（右"和"）＋天＋鸟＝吴鸣。

57. 盛京开发脱弱势（宜兴陶艺名人）

沈建强（1957 年生）。盛京，沈阳的别称。

58. 顶天立地长沙王（宜兴陶艺名人）

高湘君（1957 年生）。长沙，借代湖南（湘）。

59. 钟情中国要点赞（宜兴陶艺名人）

许爱华（1958 年生）。许，赞同；爱，钟情；华，中国。

60. 没羽箭正中青面兽（宜兴陶艺名人）

张志清（1958 年生、1969 年生）。人名借代，《水浒传》人物绰号中，"没羽箭"为张清，"青面兽"为杨志。"正中"别解为中间位置。

61. 西汉候城东晋都（宜兴陶艺名人）

沈建康（1958 年生）。西汉候城即沈阳（简称"沈"），东晋都城为建康（今南京）。

62. 日月共湖生（宜兴陶艺名人）

胡洪明（1959 年生）。拆字，"日"、"月"、"共"、"湖"整合得底，"生"作抱合。

63. 空见三月花（宜兴陶艺名人）

孔春华（1959 年生）。面字别解：空（读 kǒng），本义为孔、窟窿；见（读 xiàn），出现，作抱衬。春华，春天的花。

64. 明太祖文武兼修（宜兴陶艺名人）

朱斌（1959 年生）。明太祖，即朱元璋。

65. 聊天蹦跳皆奇异（宜兴陶艺名人）

谈跃伟（1959 年生）。跃，蹦蹦跳跳；伟，有"奇异"之义。

66. 下笔一点没用心（宜兴陶艺名人）

毛丹（1960 年生）。拆字法猜射，下"笔"扣"毛"；去掉"用"字的中心（笔画），加上"一"、"点（、）"，离合扣得"丹"。

67. 恰才七日（宜兴陶艺名人）（注：面出 [宋] 无名氏《壶中天·念奴娇》）

周刚（1960 年生）。七日为一周。

68. 三月好，万事畅（宜兴陶艺名人）

季益顺（1960 年生）。三月为一季；好，益；万事畅，顺。

69. 渐成翠（宜兴陶艺名人）（注：面出 [宋] 王质《无月不登楼》）

徐青（1960 年生）。徐，缓慢，义同渐。

70. 果敢善良美才女（宜兴陶艺名人）

勇淑英（1960 年生）。勇，果敢；淑，善、美（多指女性）；英，才能出众。

71. 道路工程阳光运作（宜兴陶艺名人）

程建明（1962 年生）。道路，程；阳光运作，明。

72. 部队树楷模（宜兴陶艺名人·卷帘格[注1]）

范建军（1962 年生）。谜面拢意为"军（队）建（立）（模）范"，建，有"树立"之基本字义。按格法，倒读得底。

73. 前有孔明，后有孙文（宜兴陶艺名人）

诸葛逸仙（1963 年生）。孔明，诸葛亮；孙文（孙中山），号逸仙。

74. 极目沧溟波澜静（宜兴陶艺名人）

张海平（1963 年生）。极目：张望；沧溟：大海或苍天，"波澜"提示为海；静：平。

75. 国产善良美貌女（宜兴陶艺名人）

夏淑君（1963 年生）。善良、美丽的女人，别称淑君。

76. 子为国家南征北讨，东荡西除（宜兴陶艺名人）

周汝平（1963 年生）。子，你（对方）的尊称，同"汝"；平，平定、平息。底解作：周围由你平定。面句借鉴［清］钱彩《说岳全传》第 59 回："我为国家南征北讨，东荡西除，立下多少大功。"

77. 治事呈吉象，睿智名声扬（宜兴陶艺名人）

尹祥明（1963 年生）。尹，本义为"治理"；祥，作名词有"吉兆"之义；明，作形容词有"睿智"之义，"名声扬"以音复扣，提示发"名"声。

78. 头发花白，精神矍铄（宜兴陶艺名人）

华健（1964年生）。"头发花白"扣"华"，"精神矍铄"扣"健"。

79. 开放兴国（宜兴陶艺名人）

张振中（1964年生）。会意正扣，国，借代中国。

80. 中国树榜样（宜兴陶艺名人·卷帘格^{注1}）

范建华（1964年生）。底倒读为"华建范"扣合面意。

81. 感念这样的美德（宜兴陶艺名人）

怀其芳（1964年生）。按词典解释，怀，感念；这样的，其；芳，美德。

82. 温泉绿化（宜兴陶艺名人）

汤建林（1965年生）。汤，温泉。

83. 人去嵩山骏马驰（宜兴陶艺名人）（注：同名同姓人出生不一）

高俊（1965年、1972年生）。拆字，"嵩"去掉"山"、"骏"去掉"马"再加上"亻"（人）整合得底。

84. 主动移木桩（宜兴陶艺名人）

庄玉林（1965年生）。拆字，"主"、"木"、"桩"笔画重组。

85. 山东驰遥遥千里不能休（宜兴陶艺名人）（注：面出 [唐] 韩愈《嗟哉董生行》）

鲁浩（1965年生）。山东，本意为淮河源头、豫鄂边境的桐柏山之东（原文"淮水出桐柏，~"），别解为山东省；浩，广远。

86. 缄口不提贫与弱（宜兴陶艺名人）

陈富强（1965年生）。会意反扣，陈，述说。

87. 夜半春至君未归（宜兴陶艺名人）

李群（1966年生）。时辰与地支借代，子/午夜、夜半；五行与四季借代，春/木（夏/火，中夏/土，秋/金，水/冬）；生肖与地支借代，未/羊。"夜半春至"扣"李"（至，作抱合），"君未归"扣"群"（归，作抱合）。

88. 多么轻松自在（宜兴陶艺名人）

何其仙（1966年生）。"多么"扣"何其"，"轻松自在"扣"仙"。

89. 妙有姿容好神情（宜兴陶艺名人）

潘俊（1966年生）。典出 [南朝] 刘义庆《世说新语·容止》："潘岳妙有姿容，好神情。"潘岳即潘安，有"古今第一美男"之誉。谜面描述潘安容貌英俊。

90. 纽约观光团（宜兴陶艺名人）

顾美群（1966年生）。顾，看望、拜访；纽约，美国最大城市，借代美国。

91. 寿春称帝建成国（宜兴陶艺名人）

袁立新（1966年生）。史载，公元197年2月袁术在寿春（今安徽六安市寿县一带）建立新的朝代，国号成国、年号仲家。

92. 三国飞将识时务（宜兴陶艺名人）

吕俊杰（1966年生）。三国飞将，吕布。《晏子春秋·霸业因时而生》："识时务者为俊杰，通机变者为英豪。"《三国志·蜀志·诸葛亮传》："儒生俗士，识时务者，在乎俊杰。"

93. 推辞态度硬（宜兴陶艺名人）

谢强（1966年生）。谢，推辞（如：谢客）；强（读［jiàng］），态度倔强。

94. 秦王汉武、唐宗宋祖、康熙洪武（宜兴陶艺名人）

陆君（1967年生）。六位君主。

95. 晓得花香不在多（宜兴陶艺名人）

喻小芳（1967年生）。喻，明白、知晓。

96. 石头东边红梅放（宜兴陶艺名人）

王敏（1968年生）。拆字法，"石"之头部扣"一"，"红梅放"三字之东（右边）各为"工、每、攵"，整合得底。

97. 长安弯月放眼看，一人兴高山水间（宜兴陶艺名人）

张剑（1968年生）。拆字，"长"字"安"放"弯月"（象形"弓"），扣"张"，"放眼看"系字义复扣；"一"、"人"加上"兴"字的"高"处（上部笔画）合成"金","山"、"水"两字中间的笔画合成"刂"，整合为"剑"。

98. 汉献帝禅位（宜兴陶艺名人）

曹建国（1968 年生）。史载公元 220 年，东汉献帝被迫禅位，曹丕登基建立魏国。

99. 满城尽带黄金甲（宜兴陶艺名人）（注：面出 [唐] 黄巢诗作《不第后赋菊》）

周菊英（1968 年生）。拢意得底，英，作形容词时有"光彩、光华"之义。

100. 主席笔杆子盖世（宜兴陶艺名人）

毛文杰（1968 年生）。主席，借代毛。历代国家主席，笔杆子盖世的唯毛泽东。

101. 讲话顺乎民意（宜兴陶艺名人）

陈依群（1968 年生）。陈，别解为说、讲话。

102. 怎能舍得众百姓（宜兴陶艺名人）

何忍群（1968 年生）。忍，愿意、舍得；群，大众、百姓。

103. 慢慢站起来（宜兴陶艺名人）

徐立（1968 年生）。徐，缓慢。

104. 争先恐后来当兵（宜兴陶艺名人·白头格^{注4}）

勇跃军（1969 年生）。按面意，解作"踊跃军"；按格法，首字用谐音字替代得底。

105. 晨光一露雨连天（宜兴陶艺名人）

吴震（1969～1973 年生）。拆字，顿读为"晨光一/露雨/连天"，"晨"去掉"一"得"口、辰"，加上"雨"、"天"，整合而成。

106. 常回头看看（宜兴陶艺名人）

顾勤（1970 年生）。顾，基本字义之一为"回头看"。勤，基本字义之一为"经常"。

107. 草头将横行江东，起烽烟水兵寨前（宜兴陶艺名人）

蒋琰滨（1970 年生）。拆字，艹（"草"头）+将=蒋；一（横）+工（"江"东）+火（"烽"起始）+火（"烟"起始）=琰；氵（水）+兵+宀（"寨"前）=滨。

108. 好的知交成榜样（宜兴陶艺名人）（卷帘格^{注1}）

范友良（1970 年生）。按格法底倒读扣面。

109. 静处不争起感悟，学有成见觉空虚（宜兴陶艺名人）

咸子情（1970 年生）。拆字，青（静—争）+咸+忄（"感、悟"起始部首）+子（学+见—觉）。

110. 发展历程略知一二（宜兴陶艺名人）

史小明（1970年）。史，基本字义为"自然界和人类社会的发展过程"。

111. 陶朱公卓越团队（宜兴陶艺名人）

范伟群（1970年生）。陶朱公，借代"范"（范蠡），传说春秋时范蠡辅助勾践灭吴后，携西施弃官隐居宜兴，学做坯烧陶器，带动了丁蜀制陶业的兴盛。伟，卓越。

112. 怎样使精力充沛（宜兴陶艺名人）

何健（1971年生）。何，作代词有"怎样"之义；健，作动词有"使精力充沛"之义。

113. 山峭插云海（宜兴陶艺名人）（注：面出［宋］陆游《蓬莱行》）

高峰（1971年生）。面句形容高高的山峰。

114. 样子快要天亮了（宜兴陶艺名人）

范黎明（1971年生）。范，别解为模子、样子。

115. 不征列夷而重译至，御控天下而极西洋（宜兴陶艺名人）（注：面出十万只纸鹤著网络长篇小说《英雄血巾帼泪》二章十七节）

朱国强（1972年生）。面句描写朱氏王朝（明代）国家之强盛。

116. 西汜疏杨垂雨点（宜兴陶艺名人）

汤杰（1972 年生）。拆字，"西汜"扣"氵"；"疏杨"即把"杨"分散；"雨点"即"雨"字的四个点、组成"灬"，"垂"作方位提示，整合得底。

117. 下笔之人，曹植也（宜兴陶艺名人）

毛子健（1972 年生）。"笔"的下部为"毛"；曹植，字子建，加上"亻"（人）。

118. 处处体贴娃娃兵（宜兴陶艺名人）

周小军（1973 年生）。周，周到、处处留意体贴。

119. 效法服从一国主（宜兴陶艺名人）

范顺君（1974 年生）。范，作动词有效法之义；君，本义为国家最高统治者。

120. 树木正华滋（宜兴陶艺名人）（注：面出 [唐] 白居易《首夏同诸校正游开元观因宿玩月》）

林茂盛（1975 年生）。华滋，形容枝叶繁茂。

121. 回眸一笑百媚生（宜兴陶艺名人）（注：面出 [唐] 白居易《长恨歌》）

杨俊（1975 年生）。面句描写杨贵妃容貌美丽（"俊"的基本字义）。

122. 西渚横山影，古调闻夜音（宜兴陶艺名人）

汪叶（1975年生）。西渚横山为本市镇及所辖村名，"古调"本义为古代的乐调或比喻高雅脱俗的诗文、言论，常以称颂他人。此谜须作字形分析，西"渚"为"氵"，横"山"成影象形"王"，合成"汪"；"古"字笔画作调整，可得"叶"或"田"、"申"、"由"、"甲"等字，闻"夜（yè）"音则非"叶"莫属，以形、音双扣印证谜底唯一性。

123. 拜访《致橡树》作者（宜兴陶艺名人）

顾婷（1976年生）。顾，有拜访之义；《致橡树》为朦胧诗派代表作，作者舒婷。

124. 模型亮又尖（宜兴陶艺名人）

范泽锋（1976年生）。范，模型；泽，亮光；锋，尖利。

125. 钱塘美在碧绿色（宜兴陶艺名人）

杭丽青（1976年生）。杭州别称钱塘、简称杭。

126. 处处有深潭（宜兴陶艺名人）（注：面出［北魏］郦道元《水经注·资水》）

周渊（1979年生）。渊，深潭。

127. 调慢弹且缓（宜兴陶艺名人）（注：面出［唐］白居易《夜琴》）

徐曲（1981年生）。徐，缓慢；曲，曲调。

128. 妍桃半掩，园中泛舟（宜兴陶艺名人）

姚远（1990年生）。拆字，"妍桃"各取"女、兆"，"园"中为"元"，舟象形"辶"。

五、宜兴文艺名人谜

【猜射范围为常住本市的各级文学艺术界联合会会员或相关知名人士】

1. 聚景园林花万重（宜兴文艺名人）（注：面出［宋］周必大《立春帖子·太上皇帝阁》）

周蕴华（民间文艺家）。蕴，积集、蓄藏；华，花开繁盛。

2. 缓步向郎君（宜兴文艺名人）

徐朝夫（作家）。夫，郎君。

3. 忠信品行文质兼备（宜兴文艺名人）

周德彬（作家）。周，有"忠信"之义，如《论语·为政》："君子周而不比，小人比而不周"；德，品行；彬，本义"文质兼备的样子"。

4. 怀仁来者，上台发言（宜兴文艺名人）

储云（书法家、美术家）。拆字，"仁、者、厶、讠"整合。

5. 侧流泉水边，漏春和尚来（宜兴文艺名人）

氿滨柳（作家，本名任宣平）。氿（读 guǐ），侧面流出的泉；滨，水边；漏春和尚，柳的别名。

6. 开国总理，恩泽百姓（宜兴文艺名人）

周惠民（摄影家）。开国总理，周恩来。

7. 百姓当家的气度（宜兴文艺名人）

民主之风（作家、民俗学家，本名徐建亚）。民，百姓；主，当家作主；的，之；风，气度。

8. 小康社会建设记事（宜兴文艺名人，卷帘格^{注1}）

史国富（美术家）。谜面会意成"富国史"，按格法倒读得底。

9. 江东豪杰通天下（宜兴文艺名人）

吴俊达（美术家）。江东，古称"吴"；达，有"四通八达、通行天下"之义。

10. 九侯世泽，三径家声（宜兴文艺名人）（注：面为蒋氏宗祠通用联）

蒋祖芳（诗词家）。面联典指蒋氏祖先东汉蒋诩之美好德行。芳，美好德行或名声。

11. 飞鸿贺及第（宜兴文艺名人）

黄庆中（舞蹈家）。飞鸿，面意为书信，别解为清末武术宗师黄飞鸿，借代黄；及第，考中（读 zhòng）。

12. 领导新军起义，发动护国运动（宜兴文艺名人）

蔡力武（作家）。中华民国初年的军事领袖蔡锷，一生两件大事：在云南领导推翻清朝统治的新军起义，四年后发起讨伐袁世凯的护国运动。面拢意为：蔡锷致力的武装行动。

13. 阳光扶贫大事记（宜兴文艺名人·卷帘格^{注1}）

史惠明（书法家、美术家）。史，过去的事；惠，给人财物或好处；明，公开透明。按格法底倒读（明惠史）扣合面意。

14. 岭南第一才子，及第花香馥郁（宜兴文艺名人）

宋杏芬（作家、戏剧曲艺家）。岭南第一才子，宋湘（清代清官、著名诗人、书法家、教育家），应童试、乡试均登榜首，会试及殿试中二甲进士。后句须顿读为：及第花/香馥郁。及第花，杏花的别名。

15. 梁溪起源说（宜兴文艺名人）

陈锡生（作家）。梁溪，无锡的古称；陈，述说。

16. 孙权称帝名望高（宜兴文艺名人）

吴开荣（诗词家）。孙权，吴国的开国皇帝；荣，有"良好的名声或社会名望"之义。

17. 人中骐骥；天上麒麟（宜兴文艺名人）（注：面为徐氏宗祠通用联）

徐风（作家）。面拢意：徐氏风范。上联指南朝梁国政治家徐勉，幼年时孤贫而好学，官至中书令，博通经史，熟悉典章，尽心政事，为官清廉，被人称为贤相，年轻时，人赞"人中骐骥（良马），定跑千里"；下联指南朝陈国文学家徐陵（和徐勉同乡），官至中书监，八岁能写文章，僧人释宝志曾抚摸着他的头顶说："这是天上的石麒麟（古代传说中的瑞兽）啊！"其诗歌骈文精巧细密、声调婉转、文辞艳丽，著有《徐孝穆集》等。

18. 老子信念受人敬（宜兴文艺名人）

李德荣（作家、朗诵艺术家）。老子，姓名李耳，春秋时期道家学派创始人；德，信念、心意；荣，有"受人敬重"之义。

19. 引而不发（宜兴文艺名人）（注：面出 [战国]《孟子·尽心上》）

张弦（书法家）。面意为张开弓却不把箭射出去。弦，弓弦。

20. 貂蝉传诏语和顺（宜兴文艺名人）

任宣平（西渚籍作家，张渚籍书法家、篆刻家）。貂蝉，原名任红昌；宣，传达，多用于传达帝王的诏命；平，语气平和舒顺。

21. 君主循规蹈矩（宜兴文艺名人）

王顺法（作家、文艺评论家）。法，法令、标准、规章、制度。

22. 深广闽紧随全国（宜兴文艺名人）

汪建中（书法家、美术家）。深广（深圳广州简称），别解为词义"深邃而广阔"，即"汪"之本义；闽，福建简称，建，亦指福建；全国，中国；紧随，抱合词。

23. 大胆将军为中华亮剑（宜兴文艺名人）

丁国锋（作家、戏剧曲艺家）。大胆将军，指丁盛（绰号丁大胆）。

24. 得芳心逢机会，礼在先共飘洋（宜兴文艺名人）

杭洪祥（书法家）。拆字，顿读为：得芳心/逢机会，礼在先/共/飘洋。"芳"中间字根与"机"合成"杭"，"礼"前部"礻"、"共"、"氵"、"羊"（"洋"飘荡散开）再重组。

25. 有担当有力量（宜兴文艺名人）

承强（美术家）。承，承担、担当；强，力量大。

26. 义胆铸剑末（宜兴文艺名人）

刘明（美术家）。拆字，义、胆、刂（"剑"末部）重组。

27. 皇后和解外围人（宜兴文艺名人）

程伟（书法家、作家）。顿读为：皇后/和/解外围/人。谜面并不涉及历史典故，须作字形分析，"皇"后面为"王"，与"和"合成"程"；解掉"围"的外部得"韦"，与"人（亻）人"合成"伟"。

28. 大河守护者使命（宜兴文艺名人）

卫江安（民间文艺家）。江，大河的通称。

29. 侦查终结报告（宜兴文艺名人）

陈盘明（书法家）。面意为"所述的是（案件）已盘查明白的内容"。

30. 昭阳落日闻哨声，桥头含泪别伊人（宜兴文艺名人）

邵湘君（诗词家、作家）。拆字，"昭、阳"去"日"合成"邵"，"哨（shào）"提音复扣；木（"桥"头）、泪、尹（别"伊"人）整合得"湘、君"。

31. 前后左右，香梅如故，魂初断（宜兴文艺名人）

魏敏（书法家）。拆字，"香梅如故"四字的前后左右偏旁部

首各为"禾、每、女、夂","魂"前面部首去掉得"鬼",以上
整合。

32. 则递三世可至万世（宜兴文艺名人）（注：面出［唐］杜牧《阿房宫赋》）

王永君（作家）。会意用典，《阿房宫赋》："使秦复爱六国
之人，则递三世可至万世而为君，谁得而族灭也？"意为秦统一
后如果也能爱惜六国的百姓，那就可以传位到三世以至传到万世
做皇帝，谁能够灭亡他呢？

33. 三径门第光耀留（宜兴文艺名人）

蒋焕余（美术家）。"三径门第"典故指西汉隐士蒋诩在屋前
开辟三条通路以防来人打扰，后成蒋氏祠堂或门楣匾额首选内
容。焕，光明、照耀；余，遗留。

34. 高丽太祖息乱（宜兴文艺名人）

王建平（作家、戏剧曲艺家）。王建，高丽太祖；平，平息、
平定。

35. 缓一缓饭店等级考察（宜兴文艺名人）

徐星审（摄影家）。徐，缓慢；饭店等级论"星"；审，
考察。

36. 打虎将无心钱物（宜兴文艺名人）

李中财（刀笔书法家）。打虎将，水浒人物李忠的绰号，"李
忠"无"心"扣"李中"；财，钱物。

37. 传闻皆欢喜（宜兴文艺名人·卷帘格^{注1}）

陶都风（作家，本名范双喜）。"风"有"消息、传闻"之义，"陶"有"快乐、高兴"之义，"皆"义同"都"，谜面会意成：风都陶，倒读得底。

38. 四面欢歌花木盛（宜兴文艺名人）

周乐秾（作家、文艺评论家）。秾，花木繁盛。

39. 彭城始不凡（宜兴文艺名人·掉尾格^{注5}）

徐卓新（书法家）。彭城，徐州（简称徐）古称；始，新；不凡，卓。面意概括为：徐新卓，按格法末两字互换得底。

40. 禅后晨钟忽起，苦心化缘缘离（宜兴文艺名人）

单锡华（作家、书法家、美术家）。拆字，"禅"后得"单"，"晨钟忽"三字前部"日、钅、勿"合成"锡"，"苦"中心为"十"，与"化"合成"华"，"缘缘离"自消。

41. 中国时下泰且安（宜兴文艺名人）

夏正平（作家、文艺评论家）。夏，华夏、中国。

42. 家里人光鲜换颜（宜兴文艺名人）

丁焕新（摄影家）。丁，家庭人口。

43. 桥头扬手去，阶前月空明（宜兴文艺名人）

杨阳（朗诵艺术家）。拆字，"桥"头扣"木"，与去掉"手"的"扬"合成"杨"；"阶"前扣"阝"，与去掉"月"的

"明"合成"阳"。

44. 哪来的童子军（宜兴文艺名人）

何小兵（作家）。何，哪里。

45. 及时雨恩泽九州（宜兴文艺名人）

宋惠中（民间文艺家、作家）。及时雨，借代水浒人物宋江；九州，借代中国。

46. 献诚年幼明皇帝（宜兴文艺名人·卷帘格[注1]）

朱小忠（书法家）。面拢意为：忠于小皇帝朱氏，按格法底倒读扣面。

47. 云大（宜兴文艺名人）（注：云南大学简称）

陈伟（书法家）。云，别解为说话，同"陈"（陈述、说话）。大，伟。

48. 春节二日，西氿会美人（宜兴文艺名人）

大渔（作家、民俗学家，本名余中民）。拆字，"春"节减"二、日"得"大"，"西氿"扣"氵"，"美人"，借代美人鱼，扣"鱼"，合成"渔"。

49. 道君皇帝笔生花（宜兴文艺名人）

赵文华（作家）。道君皇帝，宋徽宗赵佶。

50. 地面部队大换血（宜兴文艺名人）

陆一新（作家）。一新，全部更新。

51. 耳闻天下询夫婿（宜兴文艺名人）

听雨问君（诗词家、作家，本名邵惠君）。雨，有"天上降下"之义。

52. 拥护人民子弟兵（宜兴文艺名人）

戴军（作家）。戴，拥护。

53. 院前开放月如约（宜兴文艺名人）

邢娟（作家）。拆字，阝（"院"前）+开=邢；月+如=娟。

54. 初璞含瑕斑（宜兴文艺名人）

王琴（戏剧曲艺家）。初璞原指未经雕琢的玉，此作拆字。面顿读：初/璞含瑕斑，即"璞含瑕斑"四字前部偏旁"王、今、王、王"，整合得底。

55. 金发美主人（宜兴文艺名人）

黄韶东（作家）。韶，美丽、美好；东，东道主、主人。

56. 商太祖藏美玉（宜兴文艺名人）

汤蕴瑾（作家）。商太祖，即商汤；瑾，美玉。

57. 早引鸣虫，芳草迷离（宜兴文艺名人）

强方（书法家、美术家、篆刻家）。面顿读为：早引鸣/虫，

芳/草迷离。"引、鸣"前部为"弓、口",与"虫"合成"强";
"芳"去掉"艹（草）"为"方"。

58. 微茫北部尘土扬（宜兴文艺名人）

小薇（茶艺家,本名周薇平）。拆字,尘-土=小,微+艹
("茫"字上部)=薇。

**59. 杨花落尽李花放（宜兴文艺名人）（注：面出［清］丁
立诚《元妙观石画拓本》）**

林子（作家、书法家,本名林天柱）。"花"、"花放"自行
抵消,剩余面句顿读为"杨落尽/李","杨"去掉末端得"木",
与"李"部首重组。

60. 落花前重来（宜兴文艺名人）

莱莱（朗诵艺术家、摄影家,本名周莱）。拆字,"落花"前
=艹艹,重"来"=来来。

61. 看来从不糊涂（宜兴文艺名人）

张永清（音乐家）。会意反扣。张,看。

**62. 上堂已了各西东（宜兴文艺名人）（注：面出［五代］
王定保《唐摭言》）**

一叶（作家,本名崔秀峰）。拆字,"堂"字上部去掉,余
"口、土",整合得底。

63. 旌蔽日兮敌若云（**宜兴文艺名人·掉首格**注2）（注：面出 ［战国］屈原《九歌·国殇》）

庞现军（书法家）。谜面展现了一幅战旗遮掩太阳、来敌密集如云的场景画面，拢意为：现庞军（出现了庞大的军队）。按格法，首字与第二字调换得底。

64. 谁敢横刀立马（**宜兴文艺名人**）（注：面出毛泽东《六言诗·给彭德怀同志》）

何勇（书法家）。面会意：何（人如此英）勇？

65. 飞燕容颜情欲含（**宜兴文艺名人**）

赵相春（书法家）。飞燕，借代赵飞燕；容颜，相；情欲，怀春。

66. 书生能镇方面；闺箴雅重丹阳（**宜兴文艺名人**）

胥荣良（作家）。面系胥姓宗祠通用联，上联典指南宋末山西籍官员胥鼎屡守边镇，朝野倚重，"南渡以来，书生镇方面者，惟鼎一人而已"（《金史·列传第四十六》）。下联典指宋代丹阳籍官员胥偃与其子、孙皆早逝，闺门三代寡居，为世所称。拢意胥氏的荣耀与忠良。

67. 召公默默积美德（**宜兴文艺名人**）

邵静芳（作家）。邵氏始祖，召公；静，静默；芳，喻美德或有贤德之人。

68. 人言是杏花（宜兴文艺名人） （注：面出［宋］张镃《桂隐纪咏·摘霞亭》）

陈春华（作家）。陈，说话；春华，春天的花（杏花开在春季）。

69. 萍水飘泊将欲还（宜兴文艺名人）

蒋平（作家）。拆字，萍 - 水（氵）+将，整合得底。

70. 苟求人，人不依（宜兴文艺名人）

荷衣（作家，本名申丹英）。拆字，苟+人=荷；依-人=衣。

71. 尘土飞扬沾衣裙（宜兴文艺名人）

小君（朗诵艺术家、作家，本名吴军霞）。拆字，尘-土=小，裙-衣（衤）=君。

72. 又叙别高堂，远山残月泪眼迷（宜兴文艺名人）

余尚泓（美术家）。拆字，"叙"去掉"又"为"余"，"堂"上部为"尚"，"远山"象形"厶"，"残月"象形"弓"，"泪"去掉"目"为"氵"，后三者整合为"泓"。

73. 纯阳子祈福上香（宜兴文艺名人）

吕瑞芳（作家、文艺评论家）。纯阳子，吕祖吕洞宾道号。

74. 防护人员要心定（宜兴文艺名人）

卫平（摄影家）。卫，防护人员；平，平静、安定。

75. 云从花上度，花开亦可观（宜兴文艺名人）（注：前句出自［明］林大钦《草室》，后句出自［明］吴宽《槿》）

张芸（作家、朗诵艺术家）。前句拆字：云+艹（"花"上）＝芸；后句会意：花开扣"张"，观，提义复扣"张"。

76. 皇后年前用奇计（宜兴文艺名人）

许琦（作家、朗诵艺术家）。拆字，"皇"后（王）、"年"前（一撇一横）与"奇计"整合得底。

77. 梅花湖畔落日映，城头月边飞鸟鸣（宜兴文艺名人）

周海英（书法家、美术家）。拆字，"梅花湖"之畔各取"每、艹、氵"，"落日映"扣"央"，以上整合成"海英"；"城"头扣"土"、"飞鸟鸣"扣"口"，与"月"之边框整合成"周"。

78. 看个遍（宜兴文艺名人）

顾漫（作家）。顾，看望；漫，周遍。

79. 风俗谈（宜兴文艺名人）

尚云（美术家）。尚，风俗、习惯；云，说话。

80. 四方除首恶，一计夺头关（宜兴文艺名人）

思诗（作家，本名张璐瑶）。拆字，田（"四方"象形）+心（除首"恶"）＝思，一+计+寸（"夺"头关）＝诗。

81. 尊崇隐太子（宜兴文艺名人）

宗建成（美术家）。宗，作动词有尊崇、尊敬之义；隐太子，唐朝开国太子李建成的别称。

六、宜兴上榜好人谜

【猜射范围为本市被无锡市以上精神文明建设指导委员会命名表彰的"好人"名】

1. 商人会聚财物丰（宜兴上榜好人）

贾林康（中国好人 2009 年）。贾（读 gǔ），商人；林，有丛集、会聚之义；康，有丰足、富裕之义。

2. 太公无障碍出游（宜兴上榜好人）

姜达敖（中国好人 2009 年）。太公，别解为商末周初兵学奠基人姜子牙的尊号，借代"姜"；达，通畅；敖，出游也——《说文》。

3. 男儿兴邦冲在前（宜兴上榜好人）

丁国锋（中国好人 2012 年）。邦，国家。

4. 花钱显奢侈（宜兴上榜好人）

费炳华（中国好人 2012 年）。费，用钱、消耗；炳，有显示之义（另有明亮、点燃、照耀之义）；华，有奢侈之义（如浮华）。

5. 士大夫誓不从武（宜兴上榜好人）

侯志文（中国好人 2013 年）。侯，古代对士大夫的尊称。

6. 连天铺地山和水（宜兴上榜好人）（注：面出 ［宋］释印肃《衲衣示众》）

陆岳川（中国好人 2013 年）。陆，陆地；岳，山；水，川。

7. 铜炉慢炷一铢香（宜兴上榜好人）（注：面出 ［宋］刘克庄《卫生》）

徐芳（中国好人 2013 年）。徐，缓慢。

8. 最早尝试飞天的男儿，壮哉（宜兴上榜好人）

万汉强（中国好人 2013 年）。最早尝试飞天、被誉为"世界航天第一人"的是明朝士大夫万户，14 世纪末，万户把 47 个自制的火箭绑在椅子上，自己坐于椅子，双手举 2 只大风筝，然后点火发射，不幸火箭爆炸，万户为此献身。

9. 两人常上桥头，滩涂各分东西（宜兴上榜好人）

徐汉棠（中国好人 2014 年）。拆字，两人扣"彳"、"常"上扣"尚"、"桥"头扣"木"，"滩、涂"各去掉东（右）西（左）部，得"汉、余"，以上整合。

10. 煌煌太宗业，树立甚宏达（宜兴上榜好人）（注：面出 [唐] 杜甫《北征》）

李洪强（中国好人 2015 年）。面句形容唐太宗李世民在位时功业大、国力强。

11. 空江百里见潮生（宜兴上榜好人）（注：面出 [唐] 朱庆馀《观涛》）

张涛（中国好人 2016 年）。张，看。

12. 微子启做官从善（宜兴上榜好人）

宋仕良（中国好人 2017 年）。微子启，宋国开国君主、宋氏始祖。仕，做官。

13. 我家阿林，章清太出（宜兴上榜好人）（注：面出 [南朝] 刘义庆《世说新语·赏誉》）

王俊（中国好人 2018 年）。面为右军将军王羲之评论东阳太守王临之："我们家的阿临，显明、高洁，甚为突出。"原文中"林"系"临"之误。俊，高明、出众。

14. 悲哀心口藏，晚笙故交亲（宜兴上榜好人）

裴效生（江苏好人 2013 年）。拆字，"悲哀"去掉"心口"整合得"裴"；晚"笙故"得"生、攵"，与"交"整合成"效、生"。

15. 四面微微亮（宜兴上榜好人）

周小明（江苏好人 2014 年）。周，周围、全面。

16. 宅前标示环西路（宜兴上榜好人）

宗璐（江苏好人 2015 年）。拆字，宀（"宅"前）+示=宗；王（"环"西）+路=璐。标，标记、题写，作抱合。

17. 经天亘地，滔滔流出，昆仑东北。神浪狂飙，奔腾触裂，轰雷沃日（宜兴上榜好人）（注：面出 [元] 许有壬《水龙吟·过黄河》）

黄伟（江苏好人 2015 年）。面句描述黄河气势之宏大。黄，有特指黄河之义；伟，宏伟、壮大。

18. 安行露禽唳（宜兴上榜好人）

徐鹤鸣（江苏好人 2016 年）。徐，缓慢走，安行；露禽，鹤的别称；唳，鹤、雁等鸟鸣叫。

19. 姬昌贺结盟（宜兴上榜好人）

周庆联（江苏好人 2017 年）。姬昌，周文王，周朝奠基者。

20. 危险的天空（宜兴上榜好人）（注：面为网络游戏名）

厉上清（江苏好人 2017 年）。厉，有危险、祸患之义；上清，有上天、天空之义。

21. 布衣将军守公理（宜兴上榜好人）

冯遵义（无锡好人 2012 年）。布衣将军，冯玉祥称号。

22. 太子晋黎明用兵（宜兴上榜好人）

王晓军（无锡好人 2013 年）。太子晋，东周时期姬晋，王姓始祖。

23. 莲城深水潭（宜兴上榜好人）

许渊（无锡好人 2014 年）。莲城，河南许昌市（简称许）的别名；渊，深水，潭。

24. 主上派遣方到达，挂念北方熬出头（宜兴上榜好人）

万燕（无锡好人 2015 年）。拆字，方-丶（"主"上）＝万，廿（其大写为"念"）+北+口（"方"象形）+灬（"熬"出头）＝燕。

25. 智多星不说暗话（宜兴上榜好人）

吴道明（无锡好人 2016 年）。智多星，《水浒传》人物吴用的绰号。

26. 金字塔边赤日辉（宜兴上榜好人）（注：面出新中国著名诗人散文家聂绀弩《麦垛》）

黄红（无锡好人 2016 年）。金字塔，此处指麦垛。

27. 黛色参天二千尺（宜兴上榜好人·卷帘格^{注1}）（注：面出 [唐] 杜甫《古柏行》）

高松青（无锡好人 2017 年）。底倒读成：青松高（青色的松树长得高）扣合面意。黛色，青黑色。青色，亦指黑色，[清] 蒋骥《楚辞馀论》："《大招》云'青色直眉'，青亦指黑"；[唐] 李白《将进酒·君不见》："君不见高堂明镜悲白发，朝如青丝暮成雪"，其"青丝"即黑发。

28. 限制幼帝（宜兴上榜好人）

范小龙（无锡好人 2018 年）。范，有限制之义；龙，借代皇帝。

29. 修八尺有余，而形貌昳丽（宜兴上榜好人）（注：面出 [汉] 刘向《战国策·齐策一》）

邹俊（无锡好人 2018 年）。面句描写邹忌（战国时期齐国大臣）相貌之英俊。

30. 观儒将操戈（宜兴上榜好人）

顾斌武（无锡好人 2018 年）。看，顾；儒将，文武双全，形扣"斌"；操戈，动武。

七、宜兴劳模工匠谜

【猜射范围为本市被上级授予劳动模范称号、五一劳动奖章或被评为"宜兴工匠"的人员】

1. 青桐居士离廷育人（宜兴劳动模范）

蒋锡培（2000 年全国劳动模范）。青桐居士，蒋派花鸟画开创者、清朝宫廷画家蒋廷锡之号。培，培养、教育。

2. 将近二十载和合共济（宜兴劳动模范）

蒋洪齐（2000 年全国劳动模范）。拆字，将+艹（二十）=蒋，"共、济"整合成"洪、齐"。

3. 君主从善（宜兴劳动模范）

王顺良（2005 年全国劳动模范）。顺，从；良，善。

4. 浅摊杨枝鱼（宜兴劳动模范）

涂海龙（2010 年全国劳动模范）。涂，浅滩、滩涂；杨枝鱼，海龙（海洋动物）的别称。

5. 长寿湾首尾（宜兴劳动模范）（注：长寿湾为苏州河十八湾第一湾，在上海普陀境内）

张涛（2015 年全国劳动模范）。拆字，"长"、"寿"与"湾"的首部"氵"、尾部"弓"整合得底。

6. 看《治安策》（宜兴劳动模范）

顾汉章（2001 年江苏省劳动模范）。顾，看；《治安策》，汉代奏章，公元前 178 年贾谊呈汉文帝刘恒的一篇流传千古的奏章。

7. 金子耀霜橘（宜兴劳动模范）（注：面出 [唐] 孟浩然《疾愈过龙泉寺精舍呈易业二公》）

黄艳（2006 江苏省劳动模范）。艳，有照耀、闪耀之义。

8. 村落推倒重来（宜兴劳动模范）

庄建新（2011 年江苏省劳动模范）。庄，村落、田舍。

9. 狼烟起乃赴前程，映日沉会合头营（宜兴劳动模范）

狄秀英（2016 年江苏省劳动模范）。拆字，"狼、烟"起始部首"犭、火"合成"狄"，"乃"与"禾"（"程"前部）合成"秀"，"映"去掉"日"与"艹"（"营"上头）合成"英"。头营，古指指挥部营寨。

10. 信陵君体恤苍生（宜兴劳动模范）

魏爱民（2003 年无锡市劳动模范、2009 年获中国青年五四奖章）。信陵君，战国时期魏国著名军事家、政治家魏无忌别称；苍生，百姓、平民。

11. 老货玉麒麟（宜兴劳动模范）

陈俊义（2006 年无锡市劳动模范）。陈，时间久远；玉麒麟，水浒人物卢俊义的绰号。

12. 南望尘土掩日月（宜兴劳动模范）

王小明（2009 年无锡市劳动模范）。拆字，南"望"＝王（上北下南），尘—土＝小，日+月＝明。

13. 母亲河大水退尽（宜兴劳动模范）

黄洪光（2015 年无锡市劳动模范）。母亲河，黄河的别称；洪，大水。

14. 住世世尘尘不染（宜兴劳动模范）（注：面出［宋］杜范《次花翁冬日三诗》）

周洁（2018 年无锡市劳动模范）。周，遍地、全面。

15. 江东一人驰骏马（宜兴劳动模范）

王俊（2018 年无锡市劳动模范）。拆字，工（"江"东）+一=王，人+骏—马=俊。驰，有消逝迅速之义。

16. 人道救助（宜兴五一劳动奖章获得者·上楼格^{注7}）

路济民（2001 年获全国五一劳动奖章）。人，民；道，路；救助，济。按格法将谜底末字移置首位（即：民路济）扣面。

17. 先头陈兵岭南都会（宜兴五一劳动奖章获得者）

邱玉林（2003 年获全国五一劳动奖章）。先头陈兵，拆字法解之，即取"陈、兵"前头部首"阝、丘"合成"邱"；岭南都会，广西玉林市的美称，扣"玉林"。

18. 秋天纳木措（宜兴五一劳动奖章获得者）

金包春（2004 年获全国五一劳动奖章）。秋天，借代金（五行与四季的借代：金/秋，木/春，水/冬，火/夏，土/长夏）。纳木措，西藏最大的湖泊，此处逐字别解：纳，容纳，义同包；木，借代春；措，安放、安排，作抱衬。

19. 红军之父卓越而寻常（宜兴五一劳动奖章获得者）

朱伟平（2008 年获全国五一劳动奖章）。红军之父，朱德。

20. 上门说明赴三水（宜兴五一劳动奖章获得者）（注：三水，广东佛山市区名）

单淼（2018 年获全国五一劳动奖章）。拆字，"单"加上"门"得"阐"，其义为说明。

21. 昭君自幼秀丽姿（宜兴五一劳动奖章获得者）

王小娟（2000 年获江苏省五一劳动奖章）。王，借代王昭君；小，幼小；娟，秀丽。

22. 多多益善（宜兴五一劳动奖章获得者）

盛才良（2004 年获江苏省五一劳动奖章）。盛，丰盛、众多。

23. 梁山好汉第二将，身躯九尺技无伦（宜兴五一劳动奖章获得者）

卢伟强（2015 年获江苏省五一劳动奖章）。梁山好汉第二将，卢俊义；伟，身材高大；强，本领高强。

24. 快言快语（宜兴五一劳动奖章获得者）

陈敏（2018 年获江苏省五一劳动奖章）。陈，说话。

25. 与驾飞车登绝顶（宜兴工匠）（注：面出［宋］姚勉《西山雪岭》）

凌峰（2016 年首届宜兴工匠）。凌，有驾驭、登高之义；峰，山的最高处。

26. 曹丕代汉无波折（宜兴工匠）

魏平（2016年首届宜兴工匠）。公元220年，东汉皇权彻底衰落，魏王曹丕顺势废汉献帝建立魏国。平，平顺、稳当。

27. 紫砂大亨援田户（宜兴工匠）

邵支农（2016年首届宜兴工匠）。紫砂大亨，借代"邵"，别解为清代制壶名家邵大亨（原籍川埠乡上袁村，现丁蜀镇紫砂村）。田户，农家。

28. 看望九州老百姓（宜兴工匠）

张国民（2018年第二届宜兴工匠）。张，看望；九州，中国的代称。

29. 天地无私玉万家（宜兴工匠）（注：面出 [元] 黄庚《雪》）

喻全雪（2018年第二届宜兴工匠）。面句意为天上大雪纷飞，地上千家万户屋顶都蒙上了白雪。玉，比喻雪。底解作：比喻全是雪。

30. 金人首府岳帅抵（宜兴工匠）

黄龙飞（2018年第二届宜兴工匠）。典出《宋史·岳飞传》："金将军韩常欲以五万众内附。飞大喜，语其下曰：'直抵黄龙府，与诸君痛饮尔！'"。黄龙府，金人首府；飞，岳飞。

八、宜兴政区名谜

【猜射范围为宜兴市现行行政区划镇（街道）或村（社区）名】

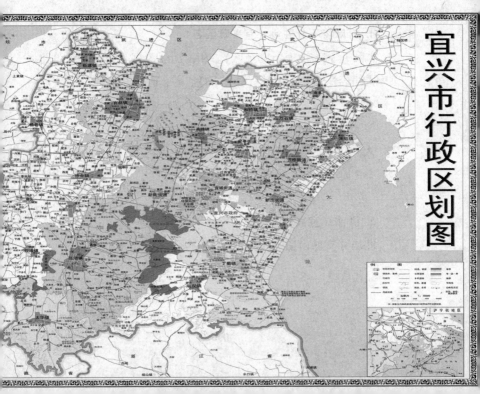

1. 不适合农村（**宜兴政区名**）

宜城（街道名）。宜，适宜。宜城街道辖荆东、岳堤、荆溪、土城、茶东、和平、民主、新华、大同、宝东、阳羡、北虹、阳泉、曲坊、溪隐、东山、城南、硅坊、东虹、宝塔、宜北、城北、唐公、袁桥、巷头、下漳、徐坝、文峰、长新29个社区和沧浦、城东、山林、南园、谈家干5个行政村。

2. 离别西塘松树下（**宜兴政区名**）

唐公（宜城街道所辖社区）。拆字，塘—土 = 唐，松—木（树）= 公。

3. 初生白发（**宜兴政区名**）

新华（宜城街道所辖社区）。华，有"白发"之义。

4. 打麻将不分胜负（**宜兴政区名**）

和平（宜城街道所辖社区）。和，别解为打麻将或斗纸牌时某家的牌合乎规定而取胜（读作 hú）。平，有均等之义。

5. 一水隔洞天（**宜兴政区名**）

大同（宜城街道所辖社区）。拆字，"洞天"两字去掉"一"、"氵（水）"得底。

6. 酒铺（**宜兴政区名**）

曲坊（宜城街道所辖社区）。曲，酒；坊，店铺。

7. 出闺门成亲（宜兴政区名）

土城（宜城街道所辖社区）。拆字，"闺"去掉门与"成"整合。亲，作抱合。

8. 言出必行（宜兴政区名·素心格^{注6}）

谈家干（宜城街道所辖社区）。谜面拢意为"谈加干"，按格法"加"谐读成"家"得底。

9. 星月桥平地卧，空中燕上下飞（宜兴政区名）

宜北（宜城街道所辖社区）。星象形"、"，桥象形"一"，平地卧象形"一"，加上"月"，整合为"宜"；"燕"字中间、上面、下面字根去掉，得"北"。

10. 乱堆石方（宜兴政区名）

碓坊（宜城街道所辖社区）。拆字，"堆、石、方"笔画重组。

11. 永不老（宜兴政区名）

长新（宜城街道所辖社区）。会意反扣。

12. 刑满释放两奚落（宜兴政区名）

荆溪（宜城街道所辖社区）。拆字，刑+满-两+奚。落，作"留"解，抱合。

13. 香邸尽处美姿如初（宜兴政区名）

阳羡（宜城街道所辖社区）。拆字，"香、邸"后部（日、阝）与"美、姿"前部整合。

14. 岸上杨柳前（宜兴政区名）

山林（宜城街道所辖村）。拆字，"岸"上部为"山"，"杨柳"前部合成"林"。

15. 齐上南岳息烽火（宜兴政区名）

文峰（宜城街道所辖社区）。拆字，"齐"上部为"文"；"岳"之南部与去掉"火"之"烽"整合得"峰"。

16. 山间小沟蔽不见（宜兴政区名）

溪隐（宜城街道所辖社区）。溪，本义为山里的小河沟。

17. 山南虎跑（宜兴政区名）

阳泉（宜城街道所辖社区）。山的南面或水的北面谓"阳"；虎跑，借代"（虎跑）泉"。

18. 解冻前上岗（宜兴政区名）

东山（宜城街道所辖社区）。拆字，"冻"前部去掉得"东"，"岗"上部为"山"。

19. 高山作岸挡江海（宜兴政区名）

岳堤（宜城街道所辖社区）。岳，高山；堤，挡水高岸。

20. 始终坦诚献在前（宜兴政区名）

城南（宜城街道所辖社区）。拆字，"坦、诚"始、终为"土、成"，合成"城"；"献"前为"南"。

21. 水下苍蒲（宜兴政区名）

沧浦（宜城街道所辖村）。拆字，面顿读：水/下苍蒲，"苍蒲"下部为"仓、浦"，"水（氵）"与"仓"合成"沧"。苍蒲，湿地多年生草本。

22. 一动芳心，早立洲头（宜兴政区名）

下漳（宜城街道所辖社区）。拆字，一+卜（"芳"字中心转动）=下，早+立+氵（"洲"头）=漳。

23. 佳人出行，亲从断后（宜兴政区名）

新街（街道名）。拆字，顿读为"佳人出/行亲从/断后"，佳-人（亻）+行+亲+斤。新街街道辖振兴、紫霞、绿园、南河、铜峰、南岳、梅园、谢桥、堂前、归径、氿南11个社区和百合、新乐、陆平、水北、铜山、潼渚、吴墟7个行政村。

24. 期颐夫妻不老曲（宜兴行政村名二）

百合、新乐（均属新街街道所辖村）。期颐夫妻，百（年之）合；不老，新；曲，别解为乐曲。

25. 辞官回家有路子（宜兴政区名）

归径（新街街道所辖村）。归，作动词有"辞官回家"之义；路子，别解为道路。

26. 阖闾城遗址（宜兴政区名）

吴墟（新街街道所辖村）。阖闾城位于无锡胡埭镇与常州雪堰镇之间，是春秋时期吴王阖闾的都城。墟，废址、故城。

27. 金桐树隐石岩下（宜兴政区名）

铜山（新街街道所辖村）。拆字，金（钅）+同［桐－树（木）］=铜，岩－石＝山。金桐树，广西速生树种。

28. 回头看中州（宜兴政区名）

南河（新街街道所辖社区）。中州，河南，回头成"南河"。

29. 柳暗花明又一村（宜兴政区名）（注：面出［南宋］陆游《游山西村》）

新庄（街道名）。庄，村落。新庄街道辖茭渎、核心、洪巷、苏阳、王婆、曹家6个行政村和新庄、东汇、新塍3个社区。

30. 仁者在其位（宜兴政区名）

核心（新庄街道所辖村）。仁，果核最内部分；者，作表示语气停顿并构成判断句句式之助词；在其位，处在这个位置。

31. 皇后伏波女（宜兴政区名）

王婆（新庄街道所辖村）。汉明帝刘庄唯一的皇后，系东汉伏波将军马援之女马氏。此谜与典故无关，须作字形分析，"皇"字后部为"王"，"波"（下）伏"女"字得"婆"。

32. 冰冻消融尽染春（宜兴政区名）

东汇（新庄街道所辖社区）。"冻"—"冫"（"冰"之本义）=东；"染"—"木"（"春"借代，属五行与四季借代，另如：金/秋、水/冬、火/夏、土/中）=汇。

33. 酒醒日已出（宜兴政区名）（注：面出［宋］方回《宿西畸曹教授宅》）

苏阳（新庄街道所辖村）。苏，苏醒。

34. 岸上行人停下记（宜兴政区名）

屺亭（街道名）。拆字，顿读为"岸上/行人停/下记"，"岸"上部为"山"，"停"去掉"人"为"亭"，"记"后部为"己"（下，次序在后）。屺亭街道辖三亭、广汇、奔马、三阳、五星5个社区和前亭、寺前、胜天、屺亭、邵谈、后亭、文庄、边庄、轸村、虞山、大塍、学圩12个行政村。

35. 农历十月十日（宜兴政区名）

三阳（屺亭街道所辖社区）。农历十月，别称阳月；十，别解一种符号，代表阳（如八卦、医学检验）；日，同"阳"。

36. 一同举义先入为主（宜兴政区名）

文庄（屺亭街道所辖村）。拆字，一+乂+丿（"人"首笔）+主。

37. 美妙的自然界（宜兴政区名）

胜天（屺亭街道所辖村）。胜，有"美妙的"之义；天，有"自然界"之义。

38. 一人飞马腾西域（宜兴政区名）

大塍（屺亭街道所辖村）。拆字，一+人＝大，腾-飞+土（西"域"）＝塍。

39. 醉翁陶然湖心（宜兴政区名）

三亭（屺亭街道所辖社区）。借代，醉翁亭、陶然亭、湖心亭是我国享誉古今的三个亭子。

40. 项羽宠姬仙人去（宜兴政区名）

虞山（屺亭街道所辖村）。项羽宠姬，即虞姬（虞美人）；"仙"去掉"人"得"山"。

41. 金水木火土（宜兴政区名）

五星（屺亭街道所辖社区）。借代五种星体。

42. 逸夫之言（宜兴政区名）

邵谈（屺亭街道所辖村）。逸夫，本义无业游民，此处借代著名电影制作人、娱乐业大亨、慈善家邵逸夫。

43. 房后早梅，花前晚娇（宜兴政区名）

芳桥（街道名）。拆字，房后=方，早梅=木，花前=艹，晚娇=乔。芳桥街道辖龙眼、神龙2个社区和芳桥、阳山、扶风、后村、夏芳、金兰、屺山、华阳8个行政村。

44. 二人携手，几度齐心（宜兴政区名）

扶风（芳桥街道所辖村）。拆字，二+人+扌（手）=扶；几+乂（"齐"字中间）=风。

45. 美丽有光彩，明亮又温暖（宜兴政区名）

华阳（芳桥街道所辖村）。华，美丽而有光彩的；阳，明亮、温暖。

46. 半岭阴晴隔（宜兴政区名）（注：面出［宋］黄庭坚《题潜山》）

阳山（芳桥街道所辖村）。拆字，"岭阴晴"各去掉一半部首。

47. 中国花卉（宜兴政区名）

夏芳（芳桥街道所辖村）芳，有"花卉"之义。

48. 古烛熄灭伴灯寒（宜兴政区名）

丁蜀（镇名）。古烛，解作古时繁体的"燭"，去掉"火"得"蜀"；"灯"去掉"火"得"丁"。丁蜀镇辖蜀北、南河、蠡墅、湖㳇、丁山、解放、公园路、龙溪、画溪、潘南、汤渡、白宕、蜀山、周墅、赵庄、张泽、大浦街、川埠18个社区和定溪、双桥、西望、三洞桥、塍里、建新、任墅、上坝、洑东、陶渊、川埠、查林、洛涧、潜洛、紫砂、大港、双庙、施荡、北塘、张泽、毛旗、方钱、大浦、浦南、汤庄、渭㳇、洋渚、洋岸28个行政村。

49. 神都山夹水（宜兴政区名）

洛涧（丁蜀镇所辖村）。神都，洛阳（简称洛）古称；《说文》：涧，山夹水也。

50. 永庆升平（宜兴政区名）（注：面为［清］燕南居士著白话长篇侠义小说名）

双桥（丁蜀镇所辖村）。当会意、拆字两大招不得其解时，得考虑另辟蹊径，如：谜面有无假借之意？了解宜兴本地历史文化即知：永庆、升平，均是宜兴有名的古桥名，永庆桥位于徐舍邮堂村，升平桥位于丁蜀洑东村。

51. 用心收集汉长弓（宜兴政区名）

张泽（丁蜀镇所辖村）。"用"字中间字根与"汉、长、弓"整合得底。

52. 客盼房东不让走（宜兴行政村名二）

西望（丁蜀镇所辖村）、留住（新建镇所辖村）。主人为东、宾客为西。

53. 水云之间仙人隐（宜兴政区名）

丁山（丁蜀镇所辖社区）。拆字，"水、云"中间笔画合成"丁"，仙—人＝山。

54. 第一田园诗人，潜名下落不明（宜兴政区名）

陶渊（丁蜀镇所辖村）。第一田园诗人即陶渊明（又名陶潜），"潜名"提义复扣，去掉"明"得"陶渊"。

55. 隐居神都（宜兴政区名）

潜洛（丁蜀镇所辖村）。神都，洛阳（简称洛）的别名。

56. 浩瀚香江（宜兴政区名）

大港（丁蜀镇所辖村）。香江，香港的别名。

57. 楼再起，相重雕（宜兴政区名）（注：面出天津诗词家王蛰堪《鹧鸪天·重修天后宫》）

查林（丁蜀镇所辖村）。拆字，"楼"起始部首为"木"，再则为"林"；"相"笔画重组为"查"。

58. 天府之国水码头（宜兴政区名）

川埠（丁蜀镇所辖村）。天府之国，四川美称；埠，停船码头。

59. 西施的针头线尾（宜兴政区名）

方钱（丁蜀镇所辖村）。拆字，西"施"为"方"，"针"头为"钅"，"线"尾为"戋"。

60. 平静小河沟（宜兴政区名）

定溪（丁蜀镇所辖村）。安，平静；溪，泛指小河沟。

61. 一流质量拦河堤（宜兴政区名）

上坝（丁蜀镇所辖村）。坝，截河堤坝。

62. 平原君封地（宜兴政区名）

赵庄（丁蜀镇所辖村）。平原君，赵胜（战国时期赵国宗室大臣、春秋时期晋国大夫）；庄，封建社会君主贵族等所占有的成片土地。

63. 塞南腾飞马，昂首走前方（宜兴政区名）

塍里（丁蜀镇所辖村）。拆字，"塞"南（下）部为"土"，"腾"去掉"马"，"昂"首为"日"，"走"前方为"土"，整合得塍。

64. 老外大高个（宜兴政区名）

洋岸（丁蜀镇所辖村）。岸，有高大之义。

65. 隔一天圃中浇水（宜兴政区名）

大浦（丁蜀镇所辖村）。拆字，天—一（"隔"一）+甫（"圃"中）+氵（水）=大浦。

66. 客观（宜兴政区名）

西望（丁蜀镇所辖村）。客，别解为宾客，古代主位在东、客位在西。

67. 温泉村（宜兴政区名）

汤庄（丁蜀镇所辖村）。汤，有温泉之义。

68. 四川峨嵋（宜兴政区名）

蜀山（丁蜀镇所辖社区）。四川简称蜀，峨嵋借代山。

69. 实行"三光"政策（宜兴政区名）

施荡（丁蜀镇所辖村）。荡，清除、弄光、毁坏（如：扫荡）。

70. 皇清诰封资政大夫、两淮盐政、前江苏按察使（宜兴政区名·秋千格[注3]）（注：面出清朝道光时期大臣、民族英雄林则徐墓碑文）

官林（镇名）。按格法两字倒读，意为林则徐的官职。官林镇辖义庄、笠渎、滨湖、涡湖、官林、凌霞、都山、前城、白茫、杨舍、桂芳、钮家、大儒、南庄、东尧、韶巷、丰义、戈庄18个行政村和官林、丰义2个社区。

71. 冰冻化，晓日出（宜兴政区名）

东尧（官林镇所辖村）。拆字，冻—冫（"冫"古同"冰"）＝东，晓—日＝尧。

72. 需两人一同上（宜兴政区名）

大儒（官林镇所辖村）。拆字，需、人（亻）、人、一整合。

73. 隋文帝故居（宜兴政区名）

杨舍（官林镇所辖村）。隋文帝，杨坚；舍，居住地。

74. 木樨香（宜兴政区名）（注：面为网络作家风魂著长篇言情小说名）

桂芳（官林镇所辖村）。木樨，桂花别名。

75. 千里冰封，万里雪飘（宜兴政区名）（注：面出毛泽东《沁园春·雪》）

白茫（官林镇所辖村）。茫，面积大。

76. 成岭成峰上上看（宜兴政区名）（注：面出〔宋〕陈洵直《翠蛟亭》）

都山（官林镇所辖村）。都，全部。

77. 衣服扣子经营户（宜兴政区名）

钮家（官林镇所辖村）。钮，衣服钮扣；家，经营某种行业的人家。

78. 梅香含娇半遮面（宜兴政区名）

和桥（镇名）。拆字，"梅、香、含、娇"各取半"木、禾、口、乔"整合。和桥镇辖劳动、兴业、生建、南新、海棠 5 个社区和同里、北庄、湖滨、大生、永兴、西锄、王母桥、中巷、北新、闸口、福巷桥、钟溪、北渠、楝聚 14 个行政村。

79. 梅开池堂前（宜兴政区名）

海棠（和桥镇所辖社区）。拆字，"梅"与"池堂"前部整合得底。

80. 败逃无旧部（宜兴政区名）

北新（和桥镇所辖村）。北，败逃的军队。

81. 第一户名下（宜兴政区名）

闸口（和桥镇所辖村）。第一义扣"甲"，户义扣"门"，合成"闸"；"名"下形扣"口"。

82. 清水洞放鲤鱼（宜兴政区名）

同里（和桥镇所辖村）。拆字，"洞"清除"水（氵）"得"同"，"鲤"放弃"鱼"得"里"。

83. 儿童相见不相识（宜兴政区名）（注：面出 [唐] 贺知章《回乡偶书二首·其一》）

大生（和桥镇所辖村）。原句：少小离家老大回，乡音无改鬓毛衰。~，笑问客从何处来。承前拢意：长大变生疏。生，陌生、不熟识。

84. 沙漠首驻胡兵（宜兴政区名）

湖滨（和桥镇所辖村）。拆字，面顿读为：沙漠首/驻/胡兵，氵+氵+胡+兵=湖滨。

85. 历代长不衰（宜兴政区名）（注：面出［南北朝］鲍照《松柏篇》）

永兴（和桥镇所辖村）。不衰，会意反扣"兴"。

86. 紫花树丛生（宜兴政区名）

楝聚（和桥镇所辖村）。紫花树，楝树的别称（江苏地区）；丛生，聚集一起生长。

87. 仲裁人去西港（宜兴政区名）

中巷（和桥镇所辖村）。拆字，仲-人=中，港-氵（"港"之西）=巷。

88. 下方变了样（宜兴政区名）

南新（和桥镇所辖社区）。上北下南左西右东。

89. 长者引弓汗尽流（宜兴政区名）

张渚（镇名）。拆字，长+者+弓+氵（"汗"字舍后部）。张渚镇辖东街、新街、西街、桃溪、水埠5个社区和东龙、茶亭、南门、北门、犊山、凤凰、五洞、善卷、祝陵、芙蓉、茗岭、龙池、省庄13个行政村。

90. 金玉之邦四通道（宜兴政区名）

新街（张渚镇所辖社区）。金玉之邦，新疆（简称新）；街，四通道也——《说文》。

91. 败家（宜兴政区名）

北门（张渚镇所辖村）。北，败北。

92. 朝阳户（宜兴政区名）

南门（张渚镇所辖村）。南，早晨面朝太阳的方向。

93. 又乘风去，又见皇上（宜兴政区名）

凤凰（张渚镇所辖村）。拆字，风—乂（运算符号"乘"的象形）＝几，"又"示意重复；加上"又、皇"，整合得底。见、上，作抱合。

94. 陈后不受上宠（宜兴政区名）

东龙（张渚镇所辖村）。拆字，"陈"后扣"东"，"宠"上去掉扣"龙"。

95. 先特卖出一半（宜兴政区名）

犊山（张渚镇所辖村）。面顿读为：先特/卖/出一半，拆字，牛（先"特"）＋卖＝犊，"出"一半＝山。

96. 醒悟后显持重（宜兴政区名）

省庄（张渚镇所辖村）。省（读 xǐng），醒悟、知觉；庄，持重、谨严。

97. 善卷、张公、灵谷、西施、慕蠡（宜兴政区名）

五洞（张渚镇所辖村）。面为宜兴著名五处溶洞名。

98. 龙井遇醉翁（宜兴政区名）

茶亭（张渚镇所辖村）。借代，龙井茶，中国十大名茶之首；醉翁亭，中国四大名亭之首）。

99. 蔷薇前面见夫容（宜兴政区名）

芙蓉（张渚镇所辖村）。拆字，"蔷薇"前面"艹艹"，加"夫容"得底。

100. 速度性运动选拔赛（宜兴政区名）

徐舍（镇名）。徐，慢；舍，舍弃、淘汰。徐舍镇辖民主、鲸塘2个社区和洴浰、长福、宜丰、东岳、翔圩、佘圩、南星、潘东、潘家坝、丰台、美栖、联星、芳庄、五牧、邮堂、奖墅、胥藏、盛家、鲸塘、烟山、堰头、汤泉、西墟23个行政村。

101. 京传鱼书唐西域（宜兴政区名）

鲸塘（徐舍镇所辖村、社区）。拆字，京+鱼=鲸；唐+土（西"域"）=塘。鱼书，本意指古时书信，纸张出现前，书信多写于白色丝绢，为使传递中不致损毁，常把书信扎在两片刻成鱼形的竹木简中。

102. 拦河堤坝负责人（宜兴政区名）

堰头（徐舍镇所辖村）。头，别解为首领、负责人。

103. 火烧圆明园（宜兴政区名）

西墟（徐舍镇所辖村）。西，借代西洋列强；墟（作动词），毁为废墟。

104. 水泊渡鹤影（宜兴政区名）

汤泉（徐舍镇所辖村）。拆字，"鹤"象形"汤"字右半旁，与"水"、"氵"、"白"（"泊"拆分）整合得底。

105. 悲鸿故居永吉祥（宜兴乡镇街道连行政村名）

徐舍长福。悲鸿，借代"徐"。

106. 阳羡大地收成好（宜兴政区名）

宜丰（徐舍镇所辖村）。阳羡，宜兴古称。

107. 牛郎织女鹊桥会（宜兴政区名）

联星（徐舍镇所辖村）。牛郎、织女，借代星名。

108. 富饶宝岛（宜兴政区名）

丰台（徐舍镇所辖村）。宝岛，台湾的美称。

109. 富贵来时人已老（宜兴政区名）（注：面出［宋］姜特立《偶题》）

长福（徐舍镇所辖村）。长，解作"年老"（读 zhǎng）。

110. 渺渺峰端栖雾（宜兴政区名）（注：面出［宋］沈端节《念奴娇》）

烟山（徐舍镇所辖村）。烟，有"雾气"之义。

111. 香浮七里村（宜兴政区名）（注：面出 ［宋］李曾伯《自湘赴广道间杂咏·山樊》）

芳庄（徐舍镇所辖村）。庄，村落。

112. 好景常在（宜兴政区名）

美栖（徐舍镇所辖村）。栖，作动词有"停留"之义。

113. 二人小组于地头（宜兴政区名）

佘圩（徐舍镇所辖村）。拆字，"二"＋"人"＋"小"＝佘；"于"＋"土"（"地"字前面部首）＝圩。

114. 献出大一点，一生存党心（宜兴政区名）

南星（徐舍镇所辖村）。拆字，"献"去掉"大"、"丶"得"南"，"一"、"生"、"口"（"党"字中心）整合为"星"。

115. 高山的主人（宜兴政区名·秋千格[注3]）

东岳（徐舍镇所辖村）。岳，高山；东，主人。按格两字换位后扣面。

116. 滆湖西部齐得益（宜兴政区名）

洴淋（徐舍镇所辖村）。混扣法，"滆湖西部"拆字得"氵"、"氵"，"齐得益"会意"并利"，整合得底。

117. 西汉和番始解冻（宜兴政区名）

潘东（徐舍镇所辖村）。拆字，"汉"之西为"氵"，加上（"和"之别解）"番"得"潘"，"冻"初始部首解脱后得"东"。

118. 伍员潜吴（宜兴政区名）

胥藏（徐舍镇所辖村）。典出《春秋左传》之《伍员奔吴》，伍员（字子胥）为避楚平王追杀而藏匿，终奔吴国。潜，隐藏；吴，用典提示。

119. 西汉嫁女去和番，首败西域号称霸（宜兴政区名）

潘家坝（徐舍镇所辖村）。拆字，氵（西"汉"）+家（"嫁"中女去掉）+番＝潘家；贝（"败"首部）+土（西"域"）＝坝，号称霸，提音复扣。

120. 大户（宜兴政区名）

盛家（徐舍镇所辖村）。盛，盛大。

121. 接二连三放牲口（宜兴政区名）

五牧（徐舍镇所辖村）。牧，放养牲口。

122. 叶，相融在云里（宜兴政区名）（注：面出当代女诗人舒婷《致橡树》）

丰台（徐舍镇所辖村）。拆字，叶、云整合。

123. 圈子关系密（宜兴政区名）

周铁（镇名）。铁，有"关系密切"之义。周铁镇辖周铁、彭干、王茂、棠下、分水、东湖、前观、龙亭、中和、前庄、下邾、沙塘、港口、欧毛渎、邾和、徐渎、黄柑渎、洋溪、北准、中新20个行政村和周铁、湖光、下邾街3个社区。

124. 六亿神州尽舜尧（宜兴政区名）（注：面出毛泽东《七律·送瘟神》）

王茂（周铁镇所辖村）。舜、尧，远古帝王。茂，繁盛。

125. 鸫鸟飞西氿，月落叶舞动（宜兴政区名）

东湖（周铁镇所辖村）。拆字，鸫-鸟=东，氵（西"氿"）+月+古（"叶"变动）=湖。

126. 四面边声连角起（宜兴政区名）（注：面出〔北宋〕范仲淹《渔家傲·秋思》）

中和（周铁镇所辖村）。会意反扣，底解作：中间平静。

127. 义无反顾（宜兴政区名）

前观（周铁镇所辖村）。面意为按道义不能向后看。反扣得底。

128. 潭面无风镜未磨（宜兴政区名）（注：面出〔唐〕刘禹锡《望洞庭》）

湖光（周铁镇所辖社区）。光，光滑、光亮。

129. 嵩山下，寺前马飞腾（宜兴政区名）

高塍（镇名）。拆字，嵩—山=嵩，土（寺前）+腾—马=塍。高塍镇辖高塍1个社区和高塍、塍西、胥井、高遥、赋村、志泉、梅家渎、范道、天生圩、六圩、红塔、徐家桥、肖张墅、宋渎14个行政村。

130. 远入深云去（宜兴政区名）（注：面出［宋］释文珦《晚》）

高遥（高塍镇所辖行政村）。会意正扣。

131. 文峰夕照（宜兴政区名）

红塔（高塍镇所辖村）。面为宜兴市龙背山森林公园主景点。文峰，借代文峰塔。

132. 北京交心，约于西城（宜兴政区名）

六圩（高塍镇所辖村）。拆字，"京"北（上）部与"交"中心合成"六"，"于"与"城"西（左）部合成"圩"。

133. 榜样之路（宜兴政区名）

范道（高塍镇所辖村）。范，榜样；道，路。

134. 芳草迷离，珠隐岩下（宜兴政区名）

万石（镇名）。拆字，芳-艹（"草"迷离）-丶（"珠"象形）=万；"岩"下="石"。万石镇辖万石、大尖、后洪、余境、余庄、南漕、漕东、黄土寺、马庄 9 个行政村和万石、南漕 2 个社区。

135. 楠木掩日一水曲（宜兴政区名）

南漕（万石镇所辖村）。拆字，楠—木=南，日+一+氵+曲=漕。

136. 腾讯掌门谨严持重（宜兴政区名）

万庄（万石镇所辖村）。腾讯掌门人，马化腾；庄，有谨严持重之义。

137. 咱村以前小（宜兴行政村名二）

余庄、后洪（均为万石镇所辖村）。以前小，反扣后来大（"洪"之义）。

138. 我的地盘（宜兴政区名）

余境（万石镇所辖村）。余，我。

139. 金色原野见佛堂（宜兴政区名）

黄土寺（万石镇所辖村）。会意正扣。

140. 父亲胡来起波澜（宜兴政区名）

湖㳇（镇名）。拆字，父、胡、氵、氵整合。湖㳇镇辖竹海、浜西、东兴、邵东、张阳、银湖、大东 7 个行政村及阳羡茶场、湖㳇社区。

141. 观日（宜兴政区名）

张阳（湖㳇镇所辖村）。张，观望。

142. 中西南北较落后（宜兴政区名）

东兴（湖㳇镇所辖村）。会意反扣。

143. 慷慨请客（宜兴政区名）

大东（湖㳇镇所辖村）。慷慨，大方；请客，做东。

144. 雾凇沆砀，天与云与山与水，上下一白（宜兴政区名）
（注：面出明末清初张岱《湖心亭看雪》）

银湖（湖㳇镇所辖村）。拢意"白色的湖"。雾凇，水气凝成的冰花；沆砀，白气弥漫的样子；银，作白色解。

145. 始终沉默低头，把酒一送泪干（宜兴政区名）

㳇西（湖㳇镇所辖村）。拆字，氵+犬（"沉默"前、后部）+亻（"低"前部）＝㳇；酒－一－氵＝西。

146. 人到七十，心态了然（宜兴政区名）

太华（镇名）。拆字，人+七+十＝华，态－心＝太。太华镇辖乾元、茂花、太华、桥涯、胥锦、太平、石门、楼新桥8个行政村和杨店社区。

147. 天字一号（宜兴政区名）（注：面为电视连续剧名）

乾元（太华镇所辖村）。乾，八卦代表天；元，有头、首、始之义。

148. 芦沟边际（宜兴政区名）

桥涯（太华镇所辖村）。芦沟，借代芦沟桥（亦称卢沟桥，始建于1189年，北京市现存最古老的石造联拱桥，1937年7月7日中国抗日军队在此打响了全面抗战第一枪）。

149. 翼王世家（宜兴政区名）

石门（太华镇所辖村）。翼王，石达开（太平天国名将）。

150. **春色满园关不住**（宜兴政区名）（注：面出［宋］叶绍翁《游园不值》）

茂花（太华镇所辖村）。面句描写茂盛的花园。

151. **蒲柳客栈**（宜兴政区名）

杨店（太华镇所辖社区）。杨，蒲柳；店，客栈。

152. **为女招婿赐金帛**（宜兴政区名）

胥锦（太华镇所辖村）。拆字，婿—女＝胥，金（钅）＋帛＝锦。

153. **煮酒一别马蹄远**（宜兴政区名）

西渚（镇名）。拆字，"煮"去掉"灬"（马蹄象形）得"者"，与"酒"（"酒"去掉"一"）重组。西渚镇辖新和1个社区和西渚、溪东、横山、五圣、溪西、白塔、篁里、筱里8个行政村。

154. **泊**（宜兴乡镇街道连行政村名）

西渚篁里。西"渚"、"篁"里各形扣"氵"、"白"，合成谜面。

155. **孔子、颜回、曾子、子思、孟子**（宜兴政区名）

五圣（西渚镇所辖村）。历史上儒家学派五位圣人：至圣孔子、复圣颜回、宗圣曾子、述圣子思、亚圣孟子。

156. **皓首会合苏堤前**（宜兴政区名）

白塔（西渚镇所辖村）。拆字，"皓"首扣"白"，"合"加

"苏堤"前部（艹土）扣"塔"。会，作抱合。

157. 妇女节（宜兴政区名）

横山（西渚镇所辖村）。拆字，妇-女＝彐（象形为横着的山）。节，别解为省略。

158. 修竹掩后影，明月隐墙头（宜兴政区名）

筱里（西渚镇所辖村）。拆字，修+竹-彡（后"影"）＝筱；日（"明"月隐）+土（"墙"头）。

159. 奚落独缺酒（宜兴政区名）

溪西（西渚镇所辖村）。拆字，奚、洒（"酒"去掉"一"）整合。独，义同一。

160. 竹乡（宜兴政区名）

篁里（西渚镇所辖村）。篁，竹子、竹林；里，乡里、故乡。

161. 村前见鹤影，胡同听相声（宜兴政区名）

杨巷（镇名）。形、义、音混扣，"村"字前面为"木"，"鹤影"作象形，合成"杨"；"见"别解为"出现"，作抱合；"胡同"，为"巷"之义，"听相声"为提音复扣（"巷"与"相"同音 xiàng）。杨巷镇辖杨巷、宝寿2个社区和黄家、亚林、西溪、芳东、邬泉、金紫、皇新、芝果、塘门、英驻、城典、新芳、安乐、革新、坝塘、镇龙16个行政村。

162. 从容不迫心欢喜（宜兴政区名）

安乐（杨巷镇所辖村）。安，从容不迫；乐，欢喜。

163. 杰出人才留居地（宜兴政区名）

英驻（杨巷镇所辖村）。驻，有"留居其地"之义。

164. 花巢前后见之（宜兴政区名）

芝果（杨巷镇所辖村）。拆字，"花巢"前后为"艹果"，与"之"整合。

165. 全此点点如飞絮（宜兴政区名）

金紫（杨巷镇所辖村）。拆字，全+此+、+、+糸（絮-如）=金紫。

166. 登基（宜兴政区名）

皇新（杨巷镇所辖村）。登基，皇帝新即位。

167. 藏南收复人不休（宜兴政区名）

臧林（杨巷镇所辖村）。拆字，面顿读：藏南/收/复/人不休，"藏"南扣"臧"；"人不休"扣"木"；复，重复；收，作抱合。

168. 初荷出水清香嫩（宜兴政区名）（注：面出［宋］欧阳修《渔家傲·五月薰风才一信》）

新芳（杨巷镇所辖村）。芳，花草的香气。

169. 都市法则（宜兴政区名）（注：面为长篇网络小说名）

城典（杨巷镇所辖村）。典，法令、准则。

170. 始立朝律（宜兴政区名）

新建（镇名）。建，本义"立朝律"。新建镇辖兴建社区和新建、南塘、臧林、闸上、留住、路庄6个行政村。

171. 藏南植树节后聚（宜兴政区名）

臧林（新建镇所辖村）。拆字，"藏"南扣"臧"，"植、树"各减后部聚成"林"。

172. 安排下榻过夜（宜兴政区名）

留住（新建镇所辖村）。住，住宿、下榻。

173. 李煜王朝终入土（宜兴政区名）

南塘（新建镇所辖村）。李煜，南唐最后一位国君。南唐+土=南塘。

174. 甲第不言让（宜兴政区名）

闸上（新建镇所辖村）。拆字，甲+门（第同义字）=闸；让-讠（言）=上。

175. 村道移位（宜兴政区名）

路庄（新建镇所辖村）。村，庄；道，路。"庄路"两字移位得底。

九、宜兴山岭名谜

【猜射范围为本市境内主要山岭名称（底不含"山"字）】

1. 始皇帝（宜兴山岭名）

龙头（丁蜀川埠）。龙，皇帝的象征；头，起始。

2. 别贪污（宜兴山岭名）

离墨（张渚祝陵）。别，解为"分离"；墨，有"贪污"
之义。

3. 奢侈之极（宜兴山岭名）

太华（太华杭坑、北川、横塘之间）。太，极端；华，奢侈。

4. 垄上积水流地头（宜兴山岭名）

龙池（张渚省庄）。拆字，"垄上"扣"龙"，"水"扣"氵"，
"流"别解为"放逐、流失"，去掉"地"前部则得"也"。

5. 扔掉破烂东西（宜兴山岭名）

石兰（丁蜀洑东）。石兰山即兰山。拆字，去掉"破、烂"
两字东边（左）、西边（右）偏旁"皮、火"得底。

6. 乙未岁首荡秋千（宜兴山岭名）

山羊（芳桥街区）。山羊山即阳山。乙未，借代羊；"岁"上
部为"山"。秋千，别解为谜格（底为两字，换位扣面）。荡，一
作抱衬，二作暗示（阳山荡）。

7. 梅花如雪月如霜（宜兴山岭名）（注：面出［宋］张孝祥
《定风波·铃索声乾夜未央》）

白象（湖㳇洑西）。白象山即磬山。拢意得底。象，景象。

8. 天子未逢好机运（宜兴山岭名）

龙背（宜城南侧）。龙，天子的象征；背（读 bèi），不顺利（如：背运）。

9. 怒火冲天（宜兴山岭名）

大毛（太华乾元）。毛，有"发火、发怒"之义。

10. 季军奖牌归公有（宜兴山岭名）

铜官（宜城西南）。季军奖牌，铜牌；官，公、公有。

11. 共同改旧貌，向前心无忧（宜兴山岭名）

黄龙（丁蜀镇区）。拆字，"旧"笔画重组成"由"，与"共"合成"黄"；"向"前部为"丿"，"忧"去掉"心（忄）"为"尤"，两者合成"龙"。

12. 晴日去陇东（宜兴山岭名）

青龙（丁蜀镇区、张渚岭下）。拆字，"晴"去掉"日"得"青"；"陇"东部（右）为"龙"。

13. 今始一相遇，西山雨飘零（宜兴山岭名）

大岭（太华乾元）。拆字，"今"起始部首为"人"，加上"一"，得"大"；"雨"飘出"零"中得"令"，西面加"山"则得"岭"。

14. 金秋亲临虎丘巅（宜兴山岭名）

黄塔顶（张渚岭下）。"金秋"义扣"黄"；"虎丘"借代

"塔";"巅"义扣"顶";"亲临"作抱衬。

15. 古谜尽知晓（宜兴山岭名）

老虎洞（太华乾元）。谜语、灯谜，古称文虎，猜谜称射虎；洞，洞悉、通晓。

16. 德才高于山（宜兴山岭名）

大贤岭（西渚）。大贤，道德才能非常高；岭，高山。

17. 名列前茅，接令上山（宜兴山岭名）

茗岭（张渚）。拆字，名+艹（前茅）=茗，令+山=岭。

18. 笔划（宜兴山岭名）

毛竹（太华襄阳）。拆字，"笔"字分开。划，有"分开"之义。

19. 两度清风里，又逢皇驾到（宜兴山岭名）

凤凰（太华茂花、乾元交界）。拆字，清除"风"里（"乂"）扣"几"，几+几+又+皇=凤凰。

20. 猜前拜师孟先生（宜兴山岭名）

狮子（太华乾元）。拆字，犭（"猜"前）+师=狮；"孟"先扣"子"。

21. 期盼亲自看宝岛（宜兴山岭名）

望相台（张渚岭下）。望，期望、盼望；相，亲自看；台，宝岛台湾。

22. 杏开冢后残岩冷（宜兴山岭名）

啄木岭（湖㳇邵东廿三弯）。拆字，"杏"分解为"木、口"，"冢"后为"豕"，残缺"岩、冷"各取"山、令"，整合得底。

23. 铁饭碗（宜兴山岭名）

长岗（湖㳇邵东）。会意为长久的岗位。

24. 古赤金搜集（宜兴山岭名）

铜罗（张渚岭下）。铜，古称赤金；罗，搜集、收罗。

25. 李老弟老不见（宜兴山岭名）

梯子（丁蜀大港）。拆字，"老"字衍消，"李"与"弟"离合得底。

26. 令出天下（宜兴山岭名）

大岭（太华乾元）。拆字，面顿读：令/出天下，"出天"下方为"山、大"，与"令"整合得底。

27. 何计破曹公（宜兴山岭名）

火烧（张渚岭下）。"欲破曹公，宜用火攻"是《三国演义》中孔明写给周瑜信中所言，后孙权刘备联军火烧赤壁大破曹操，奠定三分天下格局。

28. 两人在，心不慌（宜兴山岭名）

天荒（湖㳇龙山）。拆字。二（两）+人=天；慌—忄（心）=荒。

29. 柔草岗上生，界南岚风清（宜兴山岭名）

茅山岕（湖㳇阳羡茶场北）。拆字，"柔、草、岗"上部为"矛、艹、山"，整合得"茅山"，生，作抱合；"界"南（下）部为"介"，"岚"清除"风"为"山"，整合得"岕"。

30. 十斗古佗城（宜兴山岭名）

石龙川（湖㳇竹海）。斗，面意为战斗，别解为古市制容量单位，十斗为一石（读 dàn）；佗城，龙川（广东之县）的古称。

31. 地道内部（宜兴山岭名）

土路里（湖㳇邵东）。面顿读为：地/道/内部，以义分扣。

十、宜兴河流名谜

【猜射范围为本市境内通航河道或街镇支流名称（底不含"河"字）】

1. 都江路（宜兴河流名）

堰径（河接屺溪河堰头桥至归径八仕入桃溪）。都江，借代"堰"；径，道路。

2. 天南一人泪遮眼，眉月三星远山叠（宜兴河流名）

大溪（河由关东潭、青墩至东汇）。拆字，"天"南（下）部为"大"；"一人"合成"大"，"泪遮眼"得"氵"，"眉月"象形"丿"，"远山叠"象形"幺"，加上"三星"，整合为"溪"。

3. 天仙子落地（宜兴河流名）

横塘（河由东汇入口至沙塘港入太湖）。天仙子，中草药横唐的别名。横唐+土（地）＝横塘。

4. 亚圣假舟渡沧海（宜兴河流名）

孟津（河由庄河港、钮家入临津荡至北溪河）。亚圣，战国时期儒家代表孟子的尊称；津，作动词有"乘船过河或湖、海"之义）。

5. 君主蛮不讲理（宜兴河流名）

上横（河由陈塘桥经南新至殷家港）。上，君主、皇帝；横，蛮横、不讲理。

6. 俗吏（宜兴河流名）

土干（河由寺溪河至新河）。土，俗气的；吏，官员、干部。

7. 白首两同心，乘舟老远来（宜兴河流名）

后袁（河由涧北经土干入西氿）。拆字，"白"的首笔"丿"两个，加上"同"的中心笔画，整合为"后"；"老远"别解为旧体"远"字（即"遠"），"舟"象形为"之"，从中衍消得"袁"。

8. 一个劲儿地顶住（宜兴河流名）

直挺（河由磨山经篁里入屋溪河）。直，一个劲儿地。

9. 市区图下方（宜兴河流名）

城南（河由团氿经岳堤桥入东氿）。地图方向为"上北下南左西右东"。

10. 照耀芳舟停泊岸（宜兴河流名）

烧香港（西起渭湖至洋溪入太湖）。烧，作动词有"照耀、照射"之义；香，芳；港，停泊船只的口岸。

11. 晌前晌后东院行，日落西氿消闲心（宜兴河流名）

向阳涧（由丁蜀上坝经凰川入大港河）。拆字，"晌"前、后各为"日、向"，"院"东（右）部去掉为"阝"，整合得"向"、"阳"；"日"、"氵"（"氿"之西）加上"门"（"闲"去掉中心笔画），整合得"涧"。

12. 玄都花放小河沟（宜兴河流名）

桃溪（河由东下经张渚入西氿）。玄都花，桃花的别称；溪，小河沟。

13. 上方久无雨（宜兴河流名）

北干（河由长荡湖经东安入滆湖）。上北下南左西右东，方位一般辨别法。

14. 传递花香（宜兴河流名）

邮芳（河接马垫河经芳庄至宜丰泊布潭）。邮，传递。

15. 来江东名邑，到东方巴黎（宜兴河流名）

芜申（运河宜兴段为徐舍丰台至城东港入太湖）。江东名邑，芜湖（简称芜）别名；东方巴黎，上海（简称申）别名。

16. 西氿一曲明月空，娇女隐掩柳前头（宜兴河流名）

漕桥（河由滆湖入口经漕桥至百渎入太湖）。拆字，氵（西"氿"）+一+曲+日（"明"月空）=漕；乔（"娇"女隐掩）+木（"柳"前头）=桥。

17. 纸老虎（宜兴河流名）

中干（河由山丫桥经丰义庄河港入滆湖）。纸老虎，喻外强中干。

18. 应当向上（宜兴河流名）

宜北（河由团氿经东虹桥入东氿）。上北下南左西右东，方位一般辨别法。

19. 河隔西东失心态（宜兴河流名）

太滆（河由团氿经太滆桥与宜北河相连）。拆字，"河、隔"

西（左）部、东（右）部为"氵、鬲"，"态"失"心"为"太"。

20. 闽中建工奉献在前（宜兴河流名）

南虹（河由团氿经南虹桥入大溪河）。拆字，虫（"闽"中）+工=虹，"献"前为"南"。

21. 败逃于山间小河沟（宜兴河流名）

北溪（河由杨巷经陈塘桥入西氿）。北，北、败逃。

22. 描绘浣纱仙女偶遇地（宜兴河流名）

画溪（河由丁蜀分洪河至汤渡河）。相传南朝谢灵运偶遇浣纱仙女于浣纱溪（位于浙江青田县长寿峰），典见《浙江通志·山川》引《括苍汇记》。

23. 天堑变通途（宜兴河流名）（注：面出毛泽东《水调歌头·游泳》）

长桥（河由团氿经东关潭入大溪河，亦称蛟桥河）。面意为长江架起桥。

24. 护持埃俄罗斯（宜兴河流名）

扶风（河由阳山荡经沉塘湖入横塘河）。埃俄罗斯，风神，希腊神话中掌管诸风。

25. 白马摆渡大宁河（宜兴河流名）

寺溪（河由潢潼电站入西氿）。借代，白马寺，天下第一寺；大宁河，天下第一溪。

26. 至水厂蹼无足迹（宜兴河流名）

屋溪（河由西渚横山水库溢洪河至堰头桥）。拆字，至+厂=屋，氵（水）+奚（"蹼"无"足"＝溪。

27. 蝴蝶化后断前缘（宜兴河流名）

蠡（蠡河由湖㟃至画溪河、张泽入东氿）。拆字，"蝴、蝶"去掉后部得"虫、虫"，"缘"去掉前部得"彖"，整合得底。

28. 白云深处迢迢（宜兴河流名）

高遥（大河由高塍李家经鲍庄至湛渎港）。迢迢，遥远。

29. 高安县三个人去（宜兴河流名）

宜丰（河由北溪河经南庄圩入西氿），拆字，高（上部）"安、县"为"宀、且"，合成"宜"，"三个人"去掉"人"为"三、丨"，合成"丰"。

30. 异乡打工生日会（宜兴河流名）

红星（河由亳村经澄潭入西氿）。拆字，纟（变异的"乡"）+工=红，生+日＝星。

31. 最近胖了（宜兴河流名）

新丰（河由闸上河、臧东、芳贤东入中干河）。丰，丰满、胖。

十一、宜兴古桥名谜

【猜射范围为本市新中国成立之前所建的现存古桥名称（底不含"桥"字）】

1. 去鲁南，至开滦，走北方，到首都（宜兴古桥名）

鲸塘（鲸塘桥位于徐舍鲸塘村，明始建清重建，江苏省文物保护单位）。拆字，去掉"鲁"南部得"鱼"，"开滦"借代"唐"（即唐山，开滦是开滦矿务局简称，是河北唐山市所有公家煤矿的总局，历史上先有煤矿后有唐山），"走"北部扣"土"，"首都"借代"京"（北京），以上整合。

2. 中山落户（宜兴古桥名）

孙家（孙家桥位于官林官新街，又名官林桥，清代建，宜兴市文物保护单位）。中山，本意广东中山市，借代孙中山；户，义同家。

3. 十二点整（宜兴古桥名）

玉成（玉成桥位于和桥福巷桥村，民国重建，宜兴市文物控制单位）。拆字，"十"、"二"、"点（丶）"经整合，成为"玉"字。

4. 为虎作伥（宜兴古桥名）

扶风（扶风桥位于芳桥扶风村，清代建，江苏省文物保护单位）。扶，扶助。虎，借代风，源于《周易·乾》："同声相应，同气相求。水流湿，火就燥。云从龙，风从虎。"云与龙亦可如此相互借代。

5. 获得成就要埋头（宜兴古桥名）

西城（西城桥位于高塍吕家村，民国建，宜兴市文物保护单位）。拆字，"成"与"西"、"土"（"要"、"埋"之顶端、前端部首）整合得底。

6. 丰胸增高成热潮（宜兴古桥名）

兴隆（兴隆桥位于高塍范道村、丁蜀镇西望村，均清代建，宜兴市文物保护单位）。隆，有丰大、增高之义。

7. 南充直达汶川（宜兴古桥名）

允济（允济桥位于和桥大生村，清代建，宜兴市文物保护单位）。拆字，"充"字南部得"允"，"汶川"去掉"丨"（直）整合为"济"。

8. 阴转晴（宜兴古桥名）

阳显（阳显桥位于和桥南新社区，民国建）。面会意为太阳出来了。

9. 落日之景泪迷眼，飘零冷雨情伤心（宜兴古桥名）

清凉（清凉桥位于湖㳇洑西村，清后期建）。拆字，"落日之景"为"京"，泪去掉"眼（目）"扣"氵"，"冷雨"去掉"零"之笔画得"冫"，"情"去掉"心（忄）"得"青"，整合之。

10. 义兵乱车扫北蛮（宜兴古桥名）

斩蛟（斩蛟桥也叫蛟桥、长桥，位于宜城城中，东汉初建，现重建于氿滨公园。）。拆字，"义、兵"笔画重组，"蛮"去掉北部得"虫"，加上"车"，整合得底。

11. 就地做活（宜兴古桥名）（注：面系围棋用语，指棋子被对方包围后做成两个以上眼，即可避免剿灭）

131

下田（下田桥位于高塍亳村，清代建）。会意为"到田里去干农活"。

12. 商店开业大酬宾（宜兴古桥名）

张泽（张泽桥位于丁蜀镇张泽村，春秋初建，清重建，江苏省文物保护单位）。拢意，张，有"商店开业"之义；泽，给人以恩惠、实惠。

13. 育品行，添信念（宜兴古桥名）

培德（培德桥位于万石南漕村，清代建，宜兴市文物保护单位）。会意双扣，培，培育、增益；德，品行、信念。

14. 晚笛共迎端午节（宜兴古桥名）

黄干（黄干桥位于高塍黄干村，清代建，宜兴市文物保护单位）。拆字，"笛"后部（"晚"）笔画为"由"，与"共"合成"黄"；"午"舍去开端笔画"丿"得"干"。

15. 优异人才聚一起（宜兴古桥名）

秀凝（秀凝桥位于高塍范道村，清代建，宜兴市文物保护单位）。秀，有优异人才之义；凝，聚集。

16. 女方组合获冠军（宜兴古桥名）

万安（万安桥位于新街陆平村，民国建，宜兴市文物保护单位）。拆字，"女、方"与"宀"（"军"之上部）笔画整合。

17. 跟着皇上走（宜兴古桥名）

步龙（步龙桥位于西渚元上村，明代建，江苏省文物保护单位）。步，追随、踏着别人的足迹走；龙，皇帝的象征。

18. 一方有祸起，四方援重建（宜兴古桥名）

福田（福田桥位于徐舍芳庄村，明始建、清重建，江苏省文物保护单位）。拆字，一+口（"方"象形）+礻+田（"四方"象形）=福；重，解作重复、双重，故再扣"田"。

19. 神州处处有温暖（宜兴古桥名）

中阳（中阳桥位于周铁中阳村，民国建，宜兴市文物保护单位）。神州，中国的别称；阳，温暖。

20. 齐来游泳（宜兴古桥名）

永济（永济桥位于高塍范道村、新庄街道新塍社区，均清代建、宜兴市文物保护单位）。拆字，"泳"流动（游）成"氵、永"加上"齐"整合。

21. 辞别前疏林同聚（宜兴古桥名）

桐梓（桐梓桥位于杨巷坝塘村，清代建，宜兴市文物保护单位）。拆字，"辞"别前=辛，疏"林"=木、木，与"同"整合。

22. 大海域连着小河沟（宜兴古桥名）

洋溪（洋溪桥位于周铁洋溪村，清代建，宜兴市文物保护单位）。洋，泛指海域；溪，泛指小河沟。

23. 晴日游陇东（宜兴古桥名）

青龙（青龙桥位于周铁彭干村，清代建，宜兴市文物保护单位）。拆字，"晴"之"日"游离得"青"，"陇"之东部为"龙"。

24. 西部化冻，上苍空蒙（宜兴古桥名）

东仓（东仓桥位于宜城东风巷，南宋始建，明代重建，江苏省文物保护单位）。拆字，"冻"去掉西部偏旁"冫"得"东"，"苍"去掉上部偏旁得"仓"。

25. 牵牛走下桥，入水空手捕（宜兴古桥名）

大浦（大浦桥位于丁蜀大浦村，明代建，江苏省文物保护单位）。拆字，"牵"字的"牛"走掉，下去"桥（象形一）"，得"大"；"捕"去掉"手（扌）"加上"水（氵）"得"浦"。

26. 父亲节前许芳心，十会西湖断桥头（宜兴古桥名）

茭渎（茭渎桥位于新庄茭渎村，明代建，江苏省文物保护单位）。拆字，顿读为：父亲/节前/许芳心，十会/西湖/断桥/头，"父"与"节"前部、"芳"中间字根组合成"茭"；"十"、"氵"（西湖）、"一"（断桥象形，桥象形一）、"头"组合成"渎"。

27. 百战成功老太平（宜兴古桥名）（注：面出 ［宋］释正觉《颂古一百则》）

永安（永安桥有三处，位于高塍亳村、塍西村以及新庄东氿村，前者建于明代、江苏省文物保护单位，后两者均建于清代、宜兴市文物保护单位）。拢意得底，安，稳定、平安。

28. 小河流之北（宜兴古桥名）

阳溪（阳溪桥位于杨巷河西街，明代建，江苏省文物保护单位）。山的南面、水的北面为阳；溪，有"小河流"之义。

29. 干部提拔要公正（宜兴古桥名）

升平（升平桥位于丁蜀㳇东村，明代建，宜兴市文物保护单位）。升，提升；平，公平。

30. 乘舟始同心，同心得安宁（宜兴古桥名）

后亭（后亭桥位于屺亭后亭村，清代建，宜兴市文物保护单位）。拆字，"乘、舟"始笔各为"丿、丿"，加上"同"中心字根整合成"后"；"同"中心字根与"宁"整合成"亭"，"得"、"安"作抱合。

31. 中国人，有贤德之人（宜兴古桥名）

夏芳（夏芳桥位于芳桥扶风村，民国建，宜兴市文物保护单位）。《说文》："夏，中国之人也。"芳，喻有贤德之人，《楚辞·屈原·涉江》："腥臊并御，芳不得薄兮。"

32. 窥头于牖，施尾于堂（宜兴古桥名）（注：面出〔汉〕刘向《新序·杂事五》）

见龙（见龙桥位于新庄新庄社区，清代建，宜兴市文物保护单位）。出处即"叶公好龙"典故，面句解作：（于是天龙闻而下之）头搭在窗台上探望，尾伸到了厅堂里。拢意为：出现了真龙。见（读 xiàn），同"现"，出现、显露。

33. 人要干前头，白头心无忧（宜兴古桥名）

金龙（金龙桥位于张渚小河头巷，清代建，宜兴市文物保护单位）。拆字，"人"、"干"、"前"之上部字根整合为"金"，"白"之首笔（丿）、去掉"心（忄）"的"忧"整合为"龙"。

34. 汴水流兮孤星蔽，上无靠哉人无依（宜兴古桥名）

下裴（下裴桥位于屺亭虞山村，民国建，宜兴市文物保护单位）。拆字，"汴"减去"氵（水）"、"、（孤星象形）"得"下"，"靠"去掉上部"告"、"依"去掉"亻（人）"得"裴"。

35. 西乡侯身先士卒（宜兴古桥名）

张前（张前桥位于新庄新塍社区，清代建，宜兴市文物保护单位）。西乡侯，三国时期蜀汉名将张飞的爵位，借代"张"；身先士卒，带头在前，会意扣"前"。

36. 釜底抽薪后，来人得连任（宜兴古桥名）

金莲（金莲桥南端在宜兴闸口村、北端在武进夏坊村，明代建）。拆字，取"釜"字底部、去"薪"字后部、加上"人"、"连"，整合得底。

37. 云来尽遮蒙胧月（宜兴古桥名）

运龙（运龙桥位于芳桥扶风村，清代建）。拆字，云+辶（"遮"字底部）+胧-月。

38. 相别泪落枉度日（宜兴古桥名）

旺渡（旺渡桥位于高塍胥井村，清代建）。拆字，相-泪-枉+度+日。落，掉落。

39. 忧恨心碎自凌乱（宜兴古桥名）

龙眼（龙眼桥位于芳桥龙眼社区，清始建，现新建）。拆字，"忧恨"各去掉"忄（心）"，"自"字笔画打乱，整合得底。

40. 回家的路（宜兴古桥名）

归径（归径桥位于新街归径村，东汉始建，清重建，宜兴市文物保护单位）。径，泛指道路。

十二、宜兴风景名胜谜

【猜射范围为本市旅游景区景点及各级文物保护单位（不含古桥）】

1. 衡山日出时，尖峰入云端（宜兴风景名胜）

南岳寺。按"五岳"之说，以假借替代法，"衡山"扣"南岳"；"日"出"时"得"寸"，"尖峰"象形"丨"，"云"上端为"二"，整合得"寺"。

2. 看透社会（宜兴风景名胜·掉尾格^{注5}）

张公洞。按字义，看，张；透，洞；社会，公。按格法，末两字"洞"、"公"调换位置扣合面意。

3. 初恋忆念远舟行，共叹别苦猿啼鸣（宜兴风景名胜）

亦园。形扣+音扣，"恋"的初始部首为"亦"，再提示"忆"（yì）的念声复扣；"舟"象形为"辶"，"远舟行"扣"元"，"叹别苦猿啼鸣"共同部首为"囗"，两者合成"园"。

4. 月边一叶江东横，庭前清竹笛妙音（宜兴风景名胜）

周王庙。形扣+音扣，"月"外框加上"一"、"叶"，整合为"周"；"江"之东笔画加上"横（一）"，得"王"；"庭"前之笔画（即"广"）加上清除"竹"的"笛"（即"由"），得"庙"，"妙（miào）音"提示复扣。

5. 等下去西氿、到梅东（宜兴风景名胜）

竹海。拆字，"等"的下部去掉，扣"竹"；"西氿"扣"氵"，"梅东"扣"每"，合成"海"。

6. 宋之前后，祖国破碎（宜兴风景名胜）

宜园。谜面反映的史实是宋朝之前，五代十国使国家四分五裂，建宋以后，西夏、金、元先后与之并存。南宋文天祥《过零丁洋》曾描述："山河破碎风飘絮"。然猜射此谜须别解，考虑字形增损离合： "宋"字之前为"宀"，宋朝之后是元朝，打"元"，"祖国"两字破碎，取其部首"且"、"囗"，以此整合得底。

7. 好书通晓（宜兴风景名胜）

善卷洞。会意正扣得底，"洞"有通晓之义。

8. 恍然悟识藏头诗（宜兴风景名胜）

大觉寺。"恍然悟识"会意"大觉"，"藏头诗"拆字"寺"。

9. 主动约娇娘，早待西氿旁（宜兴风景名胜）

玉女潭。"主"变动成"玉"；"娇娘"会意"女"；"早"、"西"、"氵"（"氿"旁）组合成"潭"。

10. 侍婢牵萝（宜兴风景名胜）

补庐。谜面典出［唐］杜甫《佳人》："侍婢卖珠回，牵萝补茅屋"。谓侍女变卖珠宝回来后牵拉萝藤修补房子漏洞，后以成语"牵萝补屋"形容生活困难或勉强应付。庐，房屋。

11. 群书满北堂（宜兴风景名胜）（注：面出［唐］王湾《晚春诣苏州敬赠武员外》）

文昌阁。谜面会意解作"文化昌盛的阁楼"。

12. 子瞻挥毫题林园（宜兴风景名胜）

东坡书院。子瞻，苏东坡的字；挥毫题，书（写）；林园，院。

13. 一去已十载，怀古西江月（宜兴风景名胜）（注：前句出自［唐］李白《赠崔司户文昆季》）

云湖。拆字，一+去－十＝云，古+氵（西"江"）+月＝湖。

14. 埋头终有成，佳人来伴行（宜兴风景名胜）

月城街。拆字，"埋"头扣"土"，终"有"扣"月"，"成"明企，"人"来为"佳"扣"圭"，加上"行"，整合得底。

15. 湿地前后竹遮笼，仙人来往无行踪（宜兴风景名胜）

龙池山。拆字，"湿地"前后部首各为"氵"、"也"，扣"池"；"竹"从"笼"中掩蔽扣"龙"；"仙"去掉"人"扣"山"。整合顺序得底。

16. 海上游乐场（宜兴风景名胜）

瀛园。瀛，本义海；园，现指供人游玩、娱乐的公共场所。

17. 落花早入土，成诗已无言（宜兴风景名胜）

化城寺。拆字，面顿读：落花早/入土成/诗已无言。落掉"花"的前部得"化"，"土"加上"成"得"城"，"诗"无言得"寺"。

18. 犹有气节如汝贤（宜兴风景名胜）

竹海。古人把有气节比作"竹"；海瑞，字汝贤，借代"海"。如，往、到，作抱衬。

19. 少女如玉伴女婢，岁首下乡结同心（宜兴风景名胜）

国山碑。拆字，"少女如"得"口"，与"玉"合成"国"；"岁首"扣"山"；"伴女婢"得"卑"，"下乡"得"丿"，与"同"字中间笔画组成"石"，以上合成"碑"。

20. 抛却忧心向前来，明日离开北岭头（宜兴风景名胜）

龙背山。拆字，"忧"去掉"心（忄）"加上"向"前面笔画"丿"组成"龙"，"明"离去"日"加上"北"组成"背"，"岭"头（前）部为"山"。

21. 乐在先帝一方土（宜兴风景名胜）

陶祖圣境。陶，快乐；祖，先代；圣，帝王；境，地方、区域。

22. 方才花开春意染（宜兴风景名胜）

团氿。方，扣"口"，加"才"得"团"；"春"扣"木"（四季、五行、五方借代：春/木/东，夏/火/南，秋/金/西，冬/水/北），"花开"（去掉）"木"之"染"得"氿"。

23. 且求国界完整（宜兴风景名胜）

宜园。拆字，"且"、"口"（"国"边界）、"完"重整。

24. 霸首如斩尽，无人混社会（宜兴风景名胜）

祈雨坛。拆字，"霸"首扣"雨"，"斩"尽扣"斤"，"社会"去掉"人"扣"礻、土、云"，以上整合得底。如，往、到，作抱合。

25. 冰冻消融，堂梅波动（宜兴风景名胜）

东坡海棠。拆字，冰（"冫"同冰）从冻中去掉得"东"，"堂、梅、波"结构变动，整合得底。

26. 看望君王先祖庙（宜兴风景名胜）

张公祠。张，看望；公，君王；祠，供奉先祖、鬼神、先贤的庙堂。

27. 佐君于第宅（宜兴风景名胜）

辅王府。佐，辅；君，王；第宅，府。

28. 落草萧然视不见，存于心中词无言（宜兴风景名胜）

忠肃祠。拆字，"萧"去掉"艹"得"肃"，"视"去掉"见"得"礻"，"词"去掉"言"得"司"，加上"心"、"中"，整合而成。然、存，均作抱合。

29. 闺房挨着旧堂屋（宜兴风景名胜）

阁老厅。阁，女子卧室、闺房；老，旧；厅，堂屋。

30. 冻丸变松后，洒酒水搅拌（宜兴风景名胜）

东氿公园。拆字，"冻丸"变动成"东氿"，"松"后部为

"公"，洒掉"酒"之水得"酉"，"搅拌"提示其笔画重组。

31. 沙漠之舟过土堆（宜兴风景名胜）

骆驼墩。沙漠之舟，骆驼的美称；墩，土堆。

32. 野竹遮笼窗头缶（宜兴风景名胜）

前墅龙窑。拆字，野，"墅"前；笼－竹＝龙；穴（"窗"头）＋缶＝窑。

33. 四川四姑娘（宜兴风景名胜）

蜀山。四川，简称"蜀"；四姑娘，借代"山"。四姑娘山系国家级风景名胜区，位于四川阿坝藏族羌族自治州小金县，是中国首批开放的十大登山名山之一。

34. 日照峰岭浅水湖（宜兴风景名胜）

阳山荡。荡，浅水湖。

35. 江山初绿，城头乌落（宜兴风景名胜）

红汕坞。拆字，江、山、纟（初"绿"）、土（"城"头）、乌整合。

36. 婉约柔和蒋山寺（宜兴风景名胜）

优美灵谷。优美，指婉约柔和的美；蒋山寺，今南京灵谷寺（天下第一禅林）。

37. 快乐多多在潇湘 （宜兴风景名胜）

陶博馆。陶，快乐；博，众多；潇湘，借代潇湘馆（《红楼梦》大观园中一景，林黛玉寄居荣国府的住所）。

38. 尽日春风起，上海扬手别 （宜兴风景名胜）

百畅。拆字，日+一+丿（"春、风"的起笔）=百；申（上海简称）+扬-扌（手）=畅。尽，全、都。

十三、宜兴人工建筑谜

【猜射范围各按谜目，包括体现本市地名特点的主干公路、市区道路、城乡桥梁、水库、港口等人工建筑物名称】

1. 灯昏案上，十八芳心几许（宜兴主干公路名）

宁杭。拆字，丁（"灯"昏暗）+宀（"案"上）=宁；十+八+"芳"字中心+几=杭。

2. 上容县，去东镇（宜兴主干公路名）

宜金。拆字，"容、县"上面为"宀、且"，合成"宜"；"镇"东（右）部去掉为"金"。

3. 只敬重中央（宜兴主干公路名）

渎边。会意反扣。渎，轻慢，不恭敬；边，边缘。

4. 多头效法（宜兴主干公路名）

分范。范，效法。

5. 适合从政（宜兴主干公路名）

宜官。从政，参与政治事务，即官。

6. 献忠敬奉（宜兴主干公路名）

张戴。献忠，别解指明末农民军领袖、大西开国皇帝张献忠，借代"张"；戴，敬奉、推崇。

7. 平原心仁爱，河流品淳厚（宜兴主干公路名）

川善。会意双扣，川，平原，河流；善，心地仁爱，品质淳厚。

8. 热水莫浪费（宜兴主干公路名）

汤省。汤，热水；省，节约、不浪费。

9. 人口扩大（宜兴主干公路名）

丁张。丁，人口；张，扩大。

**10. 芳草萋萋入眼浓（宜兴主干公路名）（注：面出 [宋]
刘学箕《鹧鸪天·芳草萋萋入眼浓》）**

丰张。丰，有草木茂盛之义（义同"芳草萋萋"）；张，
看见。

11. 好在有片树（宜兴主干公路名）

善林。善，好；林，成片树木。

12. 令（宜兴主干公路名）

东岭。拆字，"岭"东（右）部为"令"。

13. 举首肠断枝头（宜兴主干公路名）

兴杨。拆字，"举"上部扣"兴"；"肠"取其后部，"枝"
头扣"木"，整合得"杨"。

14. 胡同首尾（宜兴市区道路名）

巷头。头，两端，起点、终点。

15. 白水帆映日（宜兴市区道路名）

阳泉。拆字，白、水、阝（帆象形）、日整合。

16. 天子齐日月（宜兴市区道路名）

龙潭。借代，天子借代龙，轩辕黄帝后世历代皇帝谓"真龙天子"；日月借代潭，即举世闻名的台湾日月潭。

17. 一片片梯田一层层绿（宜兴市区道路名）（注：面出经典民歌《谁不说俺家乡好》歌词）

叠翠。叠，接连、累积。

18. 放宽心开刀，动吧（宜兴市区道路名）

荆邑。拆字，艹（"宽"心）+开+刂（刀）＝荆；"吧"变动成"邑"。

19. 瓦全（宜兴市区道路名）

陶都。陶，瓦器；都（读 dōu），全，完全。

20. 雷峰夕照（宜兴市区道路名）（注：面为杭州西湖十景之一）

红塔。底解作：映红了雷峰塔。

21. 齐鲁回眸（宜兴市区道路名）

东山。齐鲁，即山东，回头看则成"东山"。

22. 次日领队上北美（宜兴市区道路名）

阳羡。拆字，次、日、阝（"队"前部）、"美"上部整合。

23. 有人遛狗西氿，遭到奚落汗流（宜兴市区道路名）

狄溪。拆字，亻（人）+犬（狗）+氵（西"氿"）=狄；奚+氵（汗流）=溪。落，有停留之义，作抱衬。

24. 海上旭日升，带兵守海疆（宜兴市区道路名）

氿滨。拆字，氵（"海"前部。上，有次序在前之义）+九（"旭"去掉日）=氿；兵+宀+氵（"守、海"边部）=滨。

25. 中国梦（宜兴市区道路名）

华兴。中国梦，即中华民族伟大复兴。

26. 辞林盛去得书生（宜兴市区道路名）（注：面出［唐］杜荀鹤《献长沙王侍郎》）

文昌。拢意，文化昌盛。辞林，著述之林，指诗文的总汇。

27. 皇宫护城河（宜兴市区道路名）

龙池。龙，借代皇帝；池，护城河。

28. 下山（宜兴市区道路名）

南岳。下，别解为下面、南面（上北下南左西右东）。

29. 装饰第二关（宜兴市区道路名）

潢潼。潢，有"装饰"之义；潼，潼关，居中国十大名关（著名军事关口）第二位（山海关为天下第一关）。

30. 同心而合闭目眠（宜兴市区道路名）

人民。拆字，合－一－口（"同"的中心）＝人；眠－目＝民。

31. 两头蛇脱栏，双尾蝎出笼（宜兴市区道路名）

解放。双扣。两头蛇、双尾蝎各为水浒人物解珍、解宝绰号（解读 xiè）。

32. 我住长江头，君住长江尾（宜兴城乡桥梁名）（注：面出 [宋] 李之仪《卜算子·我住长江头》）

分水。拢意得底。

33. 一一追远山，滩头足成蹊（宜兴城乡桥梁名）

云溪。拆字，"一一"与"厶"（远山象形）合成"云"，追，紧跟着；"滩"头为"氵"，有"足"成"蹊"为"奚"，合成"溪"。

34. 看望先生（宜兴城乡桥梁名）

张师。张，看望。

35. 独自大哭（宜兴城乡桥梁名）

一号。号（读 háo），大声哭。

36. 融汇西方大兴起（宜兴城乡桥梁名）

太滆。拆字，"融、汇"西（左）方为"鬲、氵"，合成"滆"；"兴"起笔为"丶"，与"大"合成"太"。

37. 孔子上山足下坦（宜兴城乡桥梁名）

岳堤。丘（孔子名借代）+山=岳；"足"下部+坦=堤。

38. 鹤鸟飞，浊浪空，江水清（宜兴城乡桥梁名）

东虹。拆字，鹤—鸟=东，浊—氵=虫，江-氵=工。

39. 一千五百米（宜兴城乡桥梁名）

三里。五百米等于一里。

40. 一百年（宜兴城乡桥梁名）

世纪。一百年为一个世纪。

41. 水涸为平地（宜兴城乡桥梁名）（注：面出［唐］白居易《大水》）

土干。涸，干涸。

42. 永不言败（宜兴城乡桥梁名）

常胜。会意反扣。

43. 黄梅初半出（宜兴水库名）

横山。黄+木（"梅"开始部分）=横，一半的"出"=山。

44. 一垄早梅每先放（宜兴水库名）

龙珠。拆字，一、垄、木（"梅"前部）、"每"上部整合得底。

45. 沙钢领先，昂首前走（宜兴水库名）

淦里。拆字，"沙、钢"前部为"氵、钅（金字旁）"，合成氵（"沙"前）+金（"钢"前的金字旁）=淦；日（"昂"首）+土（前"走"）=里。

46. 西洋轴（宜兴水库名）

油车。拆字，氵（西"洋"）、轴整合得底。

47. 三四五邻共陶然（宜兴水库名）

七里亭。"三四"扣"七"；"五邻"扣"里"（古时五家为邻、五邻为里)；"陶然"扣"亭"（借代中国四大历史名亭之陶然亭)。

48. 主山（宜兴水库名）

东岭。主山，原意为群山中最高大的山，"主"别解为主人。

49. 簧竹遮掩野寺北（宜兴水库名）

黄墅。拆字。簧—竹=黄；野+土（"寺"北）=墅。

50. 枕席还师（宜兴水库名）

陆平。枕席还师，成语，形容行军道路极其平坦安稳。陆，陆军，陆地；平，平坦，安稳。

51. 下情须尽知（宜兴水库名）（注：面出［宋］方回《予尝治郡屡平贼叹今所见不然》)

青口。拆字，"情"后面（下，有"次序在后"之义）扣"青"，"知"尽头扣"口"。

52. 血染太行炮声隆（宜兴水库名·卷帘格^{注1}）

响山红。按格法底倒读成"红山响"扣合面意。太行，借代山。

53. 干在人前，同心为豪（宜兴水库名）

金家。拆字，干+人+"前"字上部＝金；豪－一－口（"同"内部笔画）＝家。

54. 金门要道（宜兴水库名）

黄家冲。面顿读为：金/门/要道。金，黄；门，家；要道，冲（读 chōng，交通要道）。

55. 再次发令（宜兴港口简称）

二号（宜港二号货场码头）。号（读 hào），命令、发令。

56. 乔装变相埋头走（宜兴港口简称）

四里桥（宜港四里桥综合货场码头）。拆字，变"相"扣"木、四"，"埋"头走扣"里"，加"乔"整合。

57. 乡试落榜（宜兴港口简称）

城中（宜港城中物流货场码头）。会意反扣，中（读 zhòng），录取、考取。

58. 从今走向繁荣富强（宜兴港口简称）（注：面出经典歌曲《歌唱祖国》歌词）

旺达（无锡港宜兴港区城西作业区旺达码头）。旺，兴盛；达，到来。

59. 大户绕村筑围子（宜兴港口简称）

殷家圩（丁港殷家圩货场码头）。殷，大；家，户；圩，围绕村落四周的障碍物，也作"围子"。

60. 酒一干掉就许可（宜兴港口简称）

西河（张港西河货场码头）。拆字，酒一（干掉）一+可＝西河。就、许，作抱合。

十四、宜兴住宅小区谜

【猜射范围为宜城街道城区和环科园居民住宅区名称或简称】

1. 闭塞山沟藏第宅（宜兴城区住宅小区名）

溪隐府。溪，没有出口的山沟；府，第宅。

2. 刚峰高品声誉留（宜兴城区住宅小区名）

海德名园。刚峰，借代"海"（明代著名清官海瑞之号）；留，借代"园"（始建明代的留园是中国四大名园之一）。

3. 明清内阁大学士（宜兴城区住宅小区名）

中堂。明清两代内阁大学士别称为"中堂"，大学士实际掌握宰相的权力，其办公处在内阁，中书居工具两房，大学士居中，故称中堂。

4. 金陵毓秀誉京城（宜兴城区住宅小区名）

紫金名都。金陵毓秀，紫金山的美称；都，国都、京城。

5. 吴越莺啼绿映红（宜兴城区住宅小区名）

江南春天。吴越，江南最早的地理区域概念，东周时期以吴国、越国等诸侯国为背景所辖长江中下游地区曾被称为吴越。莺啼绿映红，春天的典型景象，原句出自唐代诗人杜牧《江南春》。

6. 八一去都市（宜兴城区住宅小区名）

九如城。八加一得九；如，有"去、到"之义。

7. 库房内（宜兴城区住宅小区名）

仓屋里。库，仓；房，屋；内，里。

8. 本地多样稍有别（宜兴城区住宅小区名）

土杂小区。土，本土；杂，多样化；区，区别。

9. 祖国发展旺，乡下变了样（宜兴城区住宅小区名）

中兴新村。祖国，指代中国；兴，兴旺发展。

10. 水宫仙子、空谷仙子降台湾（宜兴城区住宅小区名）

荷兰岛。水宫仙子，荷花的美称；空谷仙子，兰花的美称；台湾，借代岛。

11. 老人（宜兴城区住宅小区名）

新天地。会意反扣。国人自古认为构成生命现象与生命意义的基本要素是天、地、人。

12. 郑燮乡居大修缮（宜兴城区住宅小区名）

板桥新村。郑燮（清代书画家、文学家），号板桥。修缮，翻新。

13. 宠后举起头，花前怨心消（宜兴城区住宅小区名）

龙兴苑。拆字，"宠"后为"龙"，"举"起头为"兴"，"花"前的"艹"与去掉"心"的"怨"整合为"苑"。

14. 主人洞庭有官舍（宜兴城区住宅小区名）

东湖公馆。东，有主人之义；洞庭，借代湖；公馆，古时多指官家所建馆舍。

15. 人在熙和境界中（宜兴城区住宅小区名）（注：面出
[宋]董嗣杲《丰乐楼》）

融域。融，融洽、和乐；域，疆界、区域。

16. 一定到平川（宜兴城区住宅小区名）

万达广场。万，有一定、绝对之义；平川，广阔平坦的
场地。

17. 全称不带木火土（宜兴城区住宅小区名·卷帘格[注1]）

金水名都。水木火金土为五行基本元素，不带木火土则余
"水金"；名，名称；都，全部；按格法谜底倒读扣合谜面。

18. 当天在长沙（宜兴城区住宅小区名）

今日星城。星城，长沙的别称。

19. 晓日晖晖玉露光（宜兴城区住宅小区名）（注：面出
[宋]王之道《浣溪沙》）

东方明珠。面会意为：东方日出照亮露珠。

20. 小池芳蕊初开遍（宜兴城区住宅小区名）（注：面出
[宋]杨泽民《虞美人·小池芳蕊初开遍》）

新盛花苑。面会意为：花儿新盛开的花池。花苑，本义
花池。

21. 主人这边独自饮（宜兴城区住宅小区名）

东方一品。东，主人（古代主位在东、宾位在西）。

22. 雨水充沛润园林（宜兴城区住宅小区名）

丰泽苑。丰泽，雨水充沛；苑，泛指园林、花园。

23. 风光向住户（宜兴城区住宅小区名）

景和人家。和，作介词解，义为"与、向、对、跟"。

24. 一人又回村中，嫁后方有二儿（宜兴城区住宅小区名）

大树家园。拆字，"一人"扣"大"，"又回村中"扣"树"，"嫁后"扣"家"，"方有二儿"扣"园"（"方"象形"囗"）。

25. 洋客风流御苑中（宜兴城区住宅小区名）

西花园。西，有"西方、外国"及"客人"（古代主位在东、宾位在西）之义；花，别解为风流浪荡（例：花心）；御苑，皇帝、君主的花园。

26. 鑫（宜兴城区住宅小区名）

金三角。形扣。

27. 云螭避离南岳村（宜兴城区住宅小区名）

龙背山庄。云螭，龙的别称，例："吾当乘云螭，吸景驻光彩"（［唐］李白《古风》之十一）；背，避开、离开；南"岳"形扣"山"；村，同"庄"。

28. 五四访华照着说（宜兴城区住宅小区名）

九龙依云。中华，借代龙；云，说话。

29. 长兴绿道接苍穹 （宜兴城区住宅小区名）

久隆碧云天。长，长久；隆，兴隆；云天，天空高处。

30. 日出之疆层峦叠 （宜兴城区住宅小区名）

东域峰汇。东，日出方向；汇，会合、聚集。

31. 宋真宗龙颜大喜 （宜兴城区住宅小区名）

君悦天禧。宋朝第三位皇帝宋真宗年号天禧。

十五、宜兴企业名谜

【猜射范围为本市知名企业简称（底不含区划与通称）或上市股票名称】

1. **雀低草露芽，湖心四周清，枝梢抖松动，林前新月映（宜兴企业简称）**

雅克科技。江苏雅克科技股份有限公司在深交所中小板上市股票。拆字，"雀"下部取"隹"，有"草"出现"芽"扣"牙"，两者整合"雅"；"湖"的中心为"古"，"四"的周围笔划清除为"儿"，两者整合成"克"；"枝"梢（后部）为"支"，"抖"字松动为"扌"和"斗"，"林前新月映"扣"禾"（"林"前为"木"，"新月"象形"丿"），四者整合成"科技"。

2. **元首通音讯，和合安理会（宜兴企业简称）**

国信协联。元首，借代国；信，通"讯"，音讯；协，有和合之义；安理会，借代联合国。

3. **炎黄子孙归一体（宜兴企业简称）**

大统华。炎黄子孙，华人代称。

4. **救世联合体（宜兴企业简称）**

振球集团。振，举救也——《说文》；球，借代地球。

5. **甘心就业湘西州，前程无望觅不休（宜兴企业简称）**

亚洲环保。拆字，"甘"中心的"一"与"业"组成"亚"；"湘"西部的"氵"与"州"组成"洲"；"程"前部去除为"呈"，与"不"、"休"整合成"环保"。

6. 神州大地多时尚（宜兴企业简称）

中国稀土。中国稀土控股有限公司（处所宜兴）在港交所上市股票。会意反扣，神州大地，借代中国；土，别解为俗气、不合潮流。

7. 一排桦木池塘畔，白花枯草侧边藏（宜兴企业简称）

华地百货。拆字，一+华（桦—木）+地（"池塘"偏旁）+白+化（花—艹）+贝（"侧"去掉两边部首）。

8. 水泊新立王，奚落口不休（宜兴企业简称）

泉溪环保。拆字，"水"、"泊"重新组合，与"王"、"奚"、"口"、"不"、"休"整合。其余字均作抱衬。

9. 一路向西髀肉消（宜兴企业简称）

远东控股。典见南朝裴松之注引《九州春秋》："（刘备曰）吾常身不离鞍，髀肉皆消；今不复骑，髀里肉生，日月若驰，老将至矣。"髀肉消，由于控制好大腿。控，有节制、驾驭之义；髀，股（大腿）。

10. 失去土地两千里，接连派女镇边关（宜兴企业简称）

驰马拉链。"失去土地"形扣"也"，"千里"借代马，"接连"去掉"女"加上"钅"（"镇"去掉一边）得"拉链"。

11. 陶都宾如云（宜兴企业简称）

宜客隆。陶都，宜兴；隆，有盛多、兴旺之义。

12. 欺负"青面兽"，四面来护卫（宜兴企业简称）

凌志环保。凌，凌辱、欺负；志，水浒人物杨志，绰号青面兽；保，护卫。

13. 从师成杰早，狂放逐日显（宜兴企业简称）

狮王木业。拆字，师+木（"杰"前部）+犭+王（"狂"拆分）+业（显-日）。

14. 杨令公所辖乃天子之邦（宜兴企业简称·卷帘格[注1]）

地龙管业。杨令公（杨业）借代业，天子借代龙，按格将底倒读扣合面意。

15. 吴江花开早，日下飒风流（宜兴企业简称）

天音化工。拆字，"吴、江、花"各去掉前部得"天、工、化"（开，作分开解），"飒风流"得"立"，"日"明企，"下"提示方位（如"日"在上，则与"立"则组成"昱"），整合。

16. 上海静安再就业（宜兴企业简称）

沪宁重工。上海即沪；静安不作区名解，义扣"宁"（宁静、安宁）。

17. 成群结队渡重洋（宜兴企业简称）

远航集团。谜面拢意得底。

18. 帅气明理有身手（宜兴企业简称）

俊知技术。俊，帅气；知，明理；身手，技术。

19. 老挝首都有谜猜（宜兴企业简称）

万象灯具。老挝首都，万象；具，有。

20. 十载同心坠，怀春初如水，一弯明月落，了结终生随（宜兴企业简称）

吉泰电子。拆字，"十"与"同"字中间笔画组成"吉"；"春"前部与"水"组成"泰"；"一弯"与"日"（明月落）组成"电"；"了"与"一"（"生"终笔）组成"子"。

21. 中国与世界相称（宜兴企业简称）

华耐国际。华，中国；耐，有"适宜、相称"之义。

22. 中国震慑、限制各级领导（宜兴企业简称）

华威封头。华，中国；威，震慑；封，限制；头，头儿、头领。

23. 竖起强权势，拆分仅几月（宜兴企业简称）

立霸股份。江苏立霸实业股份有限公司在上交所上市股票。前句会意"立霸"，后句"拆"提示拆字，"分仅几月"整合得"股份"。

24. 心血来潮题了字（宜兴企业简称）

兴达文具。兴，兴致；文，文字；具，题写。

25. 内心辽远管住腿（宜兴企业简称）

中超控股。江苏中超控股股份有限公司在深交所中小板上市股票。中，有"内心"之义；超，有"辽远"之义；控，管控；股，大腿。

26. 知识就是力量（宜兴企业简称）

智慧能源。远东智慧能源股份有限公司在上交所上市股票。作为一种高级综合能力的智慧，知识是其首要的能量来源。

27. 千里迢迢来，极速拧成绳（宜兴企业简称）

远程电缆。电，有非常迅速之义；缆，多股绞成的粗绳。

28. 巨猛双鸟盘旋守（宜兴企业简称）

鹏鹞环保。鹏鹞环保股份有限公司在深交所创业板上市股票。鹏，一种最大的鸟；鹞，一种凶猛的鸟。

29. 惊悉折桂呆无语（宜兴企业简称）

高科石化。江苏高科石化股份有限公司在深交所中小板上市股票。折桂，古词语，喻夺冠登科，科举考试处于秋季，恰逢桂花开时，故借喻高中科举状元；石化，网络词，喻一时惊呆无语，被某件事或物惊到，暂时停止了思维，犹如变成石像一般。

30. 北京染了三秋色，头批早稻又十斗（宜兴企业简称）

亨鑫科技。亨鑫科技有限公司（处所宜兴）在港交所上市股票。拆字，"京"字北（上）部加"了"，得"亨"，"染"有接触之义；三个"金"（金，借代秋色）得"鑫"；扌（头"批"）+禾（早"稻"）+又+十+斗=科技。

31. 连天碧云织霓裳（宜兴企业简称）

高青制衣。谜面拢意得底。

32. 森（宜兴企业简称）

三木集团。拆字，三"木"集成"森"。

33. 花开逊色变细弱（宜兴企业简称）

华亚化纤。华丽，开花；亚，义同逊，次于、不及；变，变化；纤，细小、脆弱。

34. 秋后下雪，花草凋谢，八方人聚，两岸直连（宜兴企业简称）

灵谷化工。拆字，火（"秋"后）+彐（下"雪"）＝灵；花-艹（"草"凋谢）＝化；八+口（"方"象形）+人＝谷；"两岸直（丨）连"象形"工"。

35. 顺当合闸于夜半（宜兴企业简称）

利通电子。底顿读为：利/通电/子。利，顺利、顺当；通电，合闸；子，计时，指夜半十一时至一时。

36. 太宗乐用杨无敌（宜兴企业简称）

君悦置业。杨业曾随北汉世祖刘崇任保卫指挥使，以骁勇远近闻名，人称"杨无敌"。宋太宗赵光义爱惜杨业之名，灭北汉后招降，授右领军卫大将军。太宗，借代君；杨无敌，借代业；悦，乐；置，有任用、安排之义。

37. 皇儿作乐 （宜兴企业简称）

王子制陶。制，义同作；陶，快乐。

38. 应当平稳创事业 （宜兴企业简称）

宜安建设。建设，有创立新事业、增加新设施、充实新精神之义。

39. 泉本也，赤金也，大版也 （宜兴企业简称）

义源铜业。[东汉] 许慎《说文解字》：源，泉本也；铜，赤金也；业，大版也（繁体业字象形装饰支架及悬挂钟鼓的大版）。面释义源、铜、业三字。

十六、宜兴名牌商标谜

【猜射范围为本市注册由国家（或人民法院）、省、地市工商部门分别认定的驰名、著名、知名三类商标中文名】

1. 五一川中行（宜兴名牌商标）

三开（江苏中煤电缆集团有限公司之中国驰名商标）。拆字，"川"中间笔画（"丨"）去掉，与五个"一"整合。

2. 灯谜大王（宜兴名牌商标）

虎皇（无锡市虎皇漆业有限公司之中国驰名商标）。灯谜古称文虎、灯虎。

3. 避开主人（宜兴名牌商标）

远东（远东电缆有限公司之中国驰名商标）。东，主人（古时主位在东、宾位在西）。

4. 横山雨蒙笔端生（宜兴名牌商标）

雪竹（无锡市雪竹针织有限公司之中国驰名商标）。"横山"象形"彐"，蒙"雨"得"雪"；"笔"之"端"，为"竹"。

5. 始看艳色天下绝，一入宫内将十载（宜兴名牌商标）

拜富（江苏拜富集团之中国驰名商标）。拆字，"看"前部与"艳"去掉"色"、"天"去掉下部（"大"）的部首整合得"拜"；"宫"内载入"一"和"十"，整合得"富"。

6. 青山绿水，白草红叶黄花（宜兴名牌商标）（注：面出[元]白朴《天净沙·秋》）

五彩（无锡江南电缆有限公司之中国驰名商标）。谜面描写青、绿、白、红、黄五彩缤纷之景。

7. 人近古稀吃尽苦头（宜兴名牌商标）

华艺（江苏艺兴紫砂陶股份有限公司之中国驰名商标）。拆字，古稀借代七十（岁），加上"人（亻）"，合成"华"；"吃"尽头为"乞"，"苦"开头为"艹"，合成"艺"。

8. 播客之声（宜兴名牌商标）

BK（百事德机械江苏有限公司之中国驰名商标）。"播客"两字的声母。

9. 千古民谣（宜兴名牌商标）

长风（江苏长峰电缆有限公司之中国驰名商标）。风，有民俗歌谣之义。

10. 二月到期，二日整取（宜兴名牌商标）

共昌（江苏共昌轧辊股份有限公司之中国驰名商标）。拆字，期–二–月＝共，日+日＝昌。

11. 五湖四海来相会（宜兴名牌商标）

广汇（江苏广汇电缆有限公司之中国驰名商标）。谜面拢意得底。

12. 党要兴盛凝各方（宜兴名牌商标）

共昌、广汇（同上）。党，通常指代中国共产党，扣"共"。

13. 赋税如山崖（宜兴名牌商标）（注：面出［唐］高适《酬裴员外以诗代书》）

173

高科（江苏高科石化股份有限公司之中国驰名商标）。科，有课税、征税之义。

14. 音调祥和（宜兴名牌商标）

乐祺（宜兴乐祺纺织集团有限公司之中国驰名商标）。乐（读 yuè），乐曲、声调。

15. 豹子头怅然若失（宜兴名牌商标）

冲超（江苏中超电缆股份有限公司之中国驰名商标）。冲，借代《水浒传》中豹子头林冲；超，作形容词有"怅然若失"之义。

16. 正直与世故（宜兴名牌商标）

方圆（宜兴方圆紫砂工艺有限公司之中国驰名商标）。方，正直；圆，世故。

17. 劳苦前生尽碎忆（宜兴名牌商标）

艺萃（江苏省宜兴彩陶工艺厂之中国驰名商标）。拆字，"劳、苦"前部为"艹、艹"，"碎、忆"后部为"卒、乙"，整合得底。

18. 万里逐行舟（宜兴名牌商标）（注：面出［唐］卢僎《稍秋晓坐阁》）

远航（江苏远航精密合金科技股份有限公司之中国驰名商标）。会意正扣。

19. 避开小温侯（宜兴名牌商标）

远方（江苏远方电缆厂有限公司之中国驰名商标）。小温侯，《水浒传》108 将吕方的绰号。

20. 侃大山（宜兴名牌商标）

云峰（江苏东峰电缆有限公司之中国驰名商标）。云，别解为说话。

21. 赤兔追风（宜兴名牌商标）

驰马（驰马拉链无锡有限公司之中国驰名商标）。面为著名象棋残局名称。赤兔，三国时期名马，为吕布坐骑，吕布死后成关羽坐骑，关羽兵败后为吕蒙所得。

22. 土皇帝（宜兴名牌商标）

地龙（江苏地龙管业有限公司之中国驰名商标）。龙，借代皇帝。

23. 神州乙鸟（宜兴名牌商标）

华燕（无锡华燕新电源有限公司之中国驰名商标）。乙鸟，燕的别名。

24. 颜色尽（宜兴名牌商标）

彩极（江苏恒峰线缆有限公司之中国驰名商标）。彩，颜色；极，尽、到达顶点。

25. 秋色满行路（宜兴名牌商标）（注：面出［唐］任翻《秋晚途次》）

金道（宜兴申利化工有限公司之中国驰名商标）。秋，借代金（五行与四季的借代：金/秋、木/春、水/冬、火/夏、土/中）。

26. 岁久依然好（宜兴名牌商标）（注：面出［宋］任续《赋玩珠岩》）

长益（无锡市长城电线电缆有限公司持有中国驰名商标）。长，长久；益，好。

27. 中兴之路（宜兴名牌商标）

盛道（宜兴市盛道茶业有限公司之江苏著名商标）。盛，兴盛；道，路。

28. 大才之人（宜兴名牌商标）

巨能（江苏巨能机械有限公司之江苏著名商标）。巨，大；能，有才能的人。

29. 雪灾之后欲东迁（宜兴名牌商标）

灵谷（灵谷化工有限公司之江苏著名商标，宜兴市新太平洋特种电缆厂有限公司、宜兴市阳羡茶业有限公司之无锡知名商标）。拆字，"雪、灾"之后"彐、火"组成"灵"，"欲"迁去东部"欠"为"谷"。

30. 金皇后不解心恨（宜兴名牌商标）

银环（江苏银环精密钢管股份有限公司之江苏著名商标）。拆字，顿读为：金/皇后/不/解心恨。金+王+不+艮＝银环。

31. 合作一体化（宜兴名牌商标）

协联（宜兴协联生物化学有限公司之江苏著名商标）。协，共同合作；联，联结一体。

32. 快乐城市在宜兴（宜兴名牌商标）

陶都（江苏国立化工科技有限公司之江苏著名商标，宜兴市丰汇水芹专业合作社之无锡知名商标）。陶，快乐；都，城市。宜兴，复扣。

33. 有钱有爱心（宜兴名牌商标）

富仁（无锡市富仁生物科技有限公司之江苏著名商标）。仁，本义博爱、人与人相互亲爱。

34. 西域记载之始（宜兴名牌商标）

新纪元（江苏新纪元环保有限公司之江苏著名商标）。新疆古称西域，简称新；纪，记载；元，首、始、头。

35. 吴鸣一再缄口（宜兴名牌商标）

天鸟（江苏天鸟高新技术股份有限公司之江苏著名商标）。拆字，"吴鸣"去掉两个"口"。

36. 征候多多（宜兴名牌商标）

兆盛（江苏兆盛环保集团有限公司之江苏著名商标）。兆，征候、预兆；盛，数量多。

37. 不尽长江滚滚来（宜兴名牌商标）（注：面出［唐］杜甫《登高》）

源源（宜兴市和润油脂有限公司之江苏著名商标）。面句形容源源不断。

38. 古往今来如此（宜兴名牌商标）

宙斯（宜兴市宙斯泵业有限公司之江苏著名商标）。宙，指古往今来的时间。

39. 壮士皆死尽（宜兴名牌商标）（注：面出［南北］鲍照《代挽歌》）

汉光（江苏汉光集团之江苏著名商标）。汉，汉子、成年男子。

40. 上客且安共笙箫（宜兴名牌商标）

宜竹（宜兴市太华镇乾元茶场之江苏著名商标）。拆字，"宀"（上客）与"且"合成"宜"；"笙箫"共同部分为"⺮（竹）"。

41. 云岭嵯峨挂夕阳（宜兴名牌商标）（注：面出［宋］张大直《题含虚南洞》）

红峰（江苏红峰电缆集团有限公司之江苏著名商标）。拢意得底。嵯峨，山势高峻。

42. 游庐山所见（宜兴名牌商标）

岭峰（宜兴市岭下茶场之无锡知名商标）。典出北宋苏轼《题西林壁》："横看成岭侧成峰"。

43. 红日初升，其道大光（宜兴名牌商标）（注：面出梁启超《少年中国说》首句）

旭明（江苏振华造漆有限公司之无锡知名商标）。谜面拢意为旭日东升、前程光明。

44. 参天乔木自森森（宜兴名牌商标）（注：面出〔宋〕李新《次韵张永锡等制留题通泉聚古堂》）

升茂（江苏森茂竹木业有限公司之无锡知名商标）。森森，形容茂盛、繁密。

45. 一定要重晚节（宜兴名牌商标）

大卫（江苏大卫景观工程有限公司之无锡知名商标）。拆字，"人"字，以及晚"节"（"节"后部笔画），各加上"一"（"一定要重"扣两个"一"）得底。

46. 昭君天赋倾城色（宜兴名牌商标）（注：面出〔宋〕袁燮《昭君祠》）

王俊（宜兴市宜城街道王俊按摩保健所之无锡知名商标）。面句描写王昭君美丽出众。

47. 二人同心到白头（宜兴名牌商标）

天石（宜兴市天石饲料有限公司之无锡知名商标）。拆字，二+人=天，"同"字中心笔划（一、口）+"白"首笔（丿）=石。

48. 女单如先胜，就合作（宜兴名牌商标）

婵娟（宜兴市南洋床上用品有限公司之无锡知名商标）。拆字，女、单、如、月（"胜"前部）整合。

49. 喜看稻菽千重浪（宜兴名牌商标）（注：面出毛泽东《七律·到韶山》）

丰乐（江苏东南电缆有限公司之无锡知名商标）。丰，指农作物收成好。

50. 录百人结连（宜兴名牌商标）

佰绿吉（江苏中兴农业科技有限公司之无锡知名商标）。拆字，"录、百、人、结"整合。

十七、宜兴方言谜

【猜射范围为本市约定俗成之地方特色常用词汇】

1. 梦醒之后飘一生，早信此生终不遇（宜兴二字方言）
（注：后句出自〔南宋〕陆游《蝶恋花·桐叶晨飘》）

名件（宜兴话意为稀奇，通常用来怪怨别人的显贵）。拆字，底顿读：梦醒之后/飘一生/早信/此/生终不遇，"梦"、"醒"的后部为"夕"、"星"，再去掉（飘、流离）"一"和"生"，合成"名"；"信"的早前偏旁为"亻"，"生"的最后笔画"一"去掉（"不遇"）得"牛"，重组扣"件"。

2. 秋风吹草木（宜兴二字方言）

黄落（宜兴话意为计划未落实、事情未成功）。秋风吹起，草木则枯黄落叶。典见《汉武·秋风辞》："秋风起兮白云飞，草木黄落兮雁南归。"

3. 说翻脸就翻脸（宜兴三字方言·掉尾格[注5]）

轻容易（宜兴说意为不容易办到）。谜面拢意为："轻易容"（随便改变脸容），轻，随便；易，改变；容，脸容。按格法，后两字互换位置得底。

4. 同门共户不相识（宜兴三字方言）（注：面出〔南宋〕释师体《颂古二十九首》）

家生（宜兴话泛指工具、器物，"生"读"桑"）。谜面拢意为"家庭之间陌生"。

5. 戎土（宜兴四字方言）

贼坏东西（宜兴训斥人的口语，多作调侃）。拆字，按上北下南左西右东，"贼"字之东、"坏"字之西即为"戎"、"土"，底面扣合。

6. 直为斩楼兰，苍茫人隔泣（宜兴二字方言）（注：前句出自〔唐〕李白《塞下曲》）

样范（宜兴话意为样子）。谜面描述了诗人甘愿赴身疆场为国杀敌（"楼兰"指侵扰西北之敌），却壮志未酬，无奈在空旷原野找个角落潸然泪下。然猜此谜须采用字形增损离合。"直为斩楼兰"——"斩"会意"斩断、分解"，"楼"拆分"木"、"娄"先；"为"有"变成"之义，强调"直"需别解为笔画"丨"；加上"兰"，整合得"样"。"苍茫人隔泣"——"苍"字中的"人""茫"然（去掉"人"）；"隔"有"边角"之意，提示取"泣"字偏旁（"氵"），整合得"范"。

7. 无多岁月，夜始堪终（宜兴三字方言）（注：上句取自〔南宋〕程大昌《好事近·生朝纪梦》："自涉希寿来，疑道无多岁月。"下句取自〔唐〕杜甫《向夕》："琴书散明烛，长夜始堪终。"）

少年亡（宜兴过去粗俗的大人指责做了错事或过于调皮小孩子的话）。先会意再拆字，"无多"会意"少"，"岁月"会意"年"，"夜"字起始部首（点横）与"堪"字最后笔划（竖折）整合成"亡"。

8. 三岔路前站一小会（宜兴二字方言）

丫亲（宜兴话意为亲热，多指小孩对大人亲昵）。谜面顿读为：三岔路/前站/一小/会。"三岔路"象形为"丫"；"站"前为"立"，与"一"、"小"会合成"亲"。

9. 上空鸦鸟飞，对月共缠绵（宜兴二字方言）

穿绷（宜兴话意为原本做事隐秘，因故被揭露而真相大白）。拆字，"空"字上部为"穴"，"鸦"字的"鸟"飞走为"牙"，两者整合成"穿"；"对"理解为一对，"对月"则扣"朋"，"缠绵"的共同部分为"纟"，两者整合成"绷"。

10. 一一得一（宜兴二字方言）

来三（宜兴话意为可行、可以，也引申为有本事）。会意别解得底。

11. 两度见山心有愧（宜兴二字方言）（注：面出［唐］白居易《再因公事到骆口驿》）

出鬼（宜兴话意为装模作样、故弄玄虚）。拆字，"两度见山"扣"出"；"心有愧"扣"鬼"。

12. 半袭青衣意犹白，前头逆转寻多半（宜兴二字方言）

表将（宜兴话中早先是谩骂、蔑视"婊子养"的速读，现作为对他人的戏称，已不作贬义）。拆字，"半袭青衣"指"青""衣"两字各取半组成"表"，后复扣提示意思同"白"；"前"字的头部逆转得"丬"，"寻""多"各取半"寸"、"夕"，合成"将"。

13. 亲属所为（宜兴三字方言·卷帘格[注1]）

做人家（宜兴话意为节约、小气）。谜面拢意为"家人做"，按格法倒读得底。

14. 日本论（宜兴三字方言·卷帘格^{注1}）（注：《日本论》一书初版于 1928 年，戴季陶著，有"国人认识日本第一书"之誉）

和大道（宜兴话意为顺从传统风俗或众人意向）。谜面拢意为"道大和"，道，讲述；大和，日本代称。按格法，倒读得底。

15. 看银装素裹（宜兴二字方言·秋千格^{注3}）

白相（宜兴话意为玩耍）。相，看；银装素裹，形容雪后一片白色世界。谜面会意为"相白"，按格法倒读得底。

16. 享受太平（宜兴二字方言）

消洋（宜兴话表示夸张、惊讶或无奈之意）。消，有"享受"之义；太平，借代"洋"，太平洋是世界最大的海洋。

17. 打饭冲在前（宜兴三字方言）

吃排头（宜兴话意为受上级或强势批评压制）。会意正扣。

18. 官人游西湖（宜兴二字方言）

胡倌（宜兴话指人的代称）。拆字，官+亻（人）+胡（"湖"之西）。

19. 检查检查（宜兴二字方言）

省省（宜兴话意为节俭或免除，亦用于劝诫）。省［读 xǐng］，检查。

20. 手脑眼并用（宜兴三字方言）

做记认（宜兴话意为有意识地做标记）。用手做、用脑记、用眼认。

21. 熄（宜兴三字方言）

自心火（宜兴话意为自作主张、全凭自己意愿办事）。拆字，"熄"拆分三字。

22. 本领与技巧（宜兴二字方言）

手方（宜兴话意为手帕）。手，本领；方，技巧。

23. 食为天（宜兴三字方言）

吃排头（宜兴话意为受上级或强势批评压制）。天，有"头等大事"之义。

24. 巷议（宜兴三字方言）

弄话说（宜兴话意为挑拨是非）。弄，别解为胡同、小巷。

25. 一池寒雨落芙蓉（宜兴四字方言）（注：面出 [宋] 宋无《杭州》）

水泼荷花（宜兴话形容年轻女子的白嫩秀丽）。此处的"芙蓉"，即荷花。以芙蓉为名的花有两种：一种是水芙蓉（荷花），一种是木芙蓉。

26. 生命的起点（宜兴二字方言）

寿头（宜兴话形容笨头笨脑）。寿，生命；头，起点。

27. 出租车竞争各处有（宜兴四字方言）

的角四方（宜兴话形容物品形状方方正正）。的，的士、出租车；角，竞争；四方，各处。

28. 云鬟如蓬堕枕窝（宜兴二字方言）（注：面出现代女诗人沈祖棻《浣溪沙》）

发松（宜兴话意为幽默有趣）。云鬟，头发；松，作形容词有"发乱、乱发貌"之义。

29. 网店宝贝全买下（宜兴二字方言）

拍满（宜兴话形容东西装得很多很满）。拍，网购下单；满，全部。

30. 双双居首位，共同排第一（宜兴四字方言）

四魁齐大（宜兴话形容身材高大结实）。双双，别解为"两双"即"四"；居首位，义扣"魁"；共同，义扣"齐"；排第一，义扣"大"。

31. 摄影摄像大全（宜兴三字方言）

拍拍满（宜兴话形容东西装得很多很满）。摄影，拍；摄像，拍；大全，全部，满。

32. 灯影散乱见佳丽（宜兴三字方言）

大小娘（宜兴话意为未婚女青年）。"灯"字笔画散开重组得"大、小"，"佳丽"扣"娘"（良女），"见"作抱合。

33. 国外市场行情（宜兴二字方言）

洋盘（宜兴话指不精明不内行容易上当受骗的人）。盘，指市场上成交的价格。

34. 一曲赠别离（宜兴二字方言）

弄送（宜兴话意为麻烦、捉弄）。弄［nòng］，有乐曲、演奏乐器之义。

35. 环环松动了（宜兴三字方言）

坏坯子（宜兴话指本质不好的人）。拆字，"环环"两字笔画变动并与"了"整合得底。

36. 使劲才有体会（宜兴二字方言）

力身（宜兴话意为有实力、有靠山）。体，身；会，作抱合。

37. 打虎亲兄弟，上阵父子兵（宜兴二字方言·卷帘格^{注1}）

帮人家（宜兴话意为帮佣、做保姆）。按格法倒读扣合面意。

38. 先举荐后弹劾（宜兴二字方言）

推扳（宜兴话意指为人做事差劲）。推，举荐。扳，往下拉。

39. 预测赛事获首金（宜兴三字方言）

占先头（宜兴话意为总想得到比别人更多的好处）。占，占卜；头，头筹。

40. 堤埂决斗掉脑袋（宜兴五字方言）

圩死角落头（宜兴话指所处偏远、交通不便的地方）。底顿读成"圩/死角/落头"。堤埂，圩；决斗，生死角斗。

41. 欲穷千里目（宜兴二字方言）（注：面出［唐］王之涣《登鹳雀楼》）

眼架高（宜兴话意为有远见或是择偶要求高）。拢意得底。

42. 领导讲话不绕弯（宜兴字方言·卷帘格[注1]）

直白头（宜兴话意为一直）。头，头目、领导；白，说、讲话。按格法倒读扣合谜面。

43. 经常挥毫写两下（宜兴三字方言）

长洒洒（宜兴话指体形高而匀称）。长，有"经常"之义；洒，有"挥笔书写"之义。

44. 言论郑重记下来（宜兴三字方言）

说大书（宜兴话意指说话虚伪浮夸）。说，言论、观点；大书，着重记载。

45. 猜谜会意无别解，首字谐音用谜格（宜兴三字方言）

直白头（宜兴话意为一直）。首字谐音的谜格谓"白头格"。

46. 牵手欲诉默无闻，窗前红丝已解封，堂下倾心定白头，祷告之后守一生（宜兴五字方言）

拆空老寿星（宜兴话意为办事不成、希望落空）。拆字，"牵手欲诉默无闻"——"扌"+"斥"（"诉"无言）=拆；"窗前红丝已解封"——"穴"（"窗"前）+"工"（"红"无丝）=空；"堂下倾心定白头"——"土"（"堂"下）+"匕"（"倾"字中间）+"丿"（"白"字首笔）=老；"祷告之后守一生"——"寿"、"口"（"祷告"两字后面部首）+"一"+"生"=寿星。

47. 外行不要紧，门外有行者（宜兴二字方言）

出松（宜兴话意为人溜走或货物脱手）。会意双扣，外行（读 xíng）别解为出门；不要紧，反扣松；行者，武松绰号。

48. 三三两两脱逃光（宜兴 3 字方言）

拾漏穷（宜兴话意为毛手毛脚、丢三拉四的人）。"三三两两"加起来为"拾"（"十"的大写）；脱逃，"漏"的基本字义；光，完了，义同"穷"。

49. 一宽心就合拍（宜兴二字方言）

百搭（宜兴话意为对任何行业都有所了解，因而各种场合都想参与的人）。字形增损离合而成，"一"+"艹"（"宽"字中心笔画）+"合"+"拍"（分解为"扌"+"白"）。

50. 几度又携手，同心相融合，三载见丰收，真心到白头（宜兴三字方言）

投人生（宜兴话喻指办事急躁的样子）。字形增损离合而成，几度又携手："几"+"又"+"扌"=投；同心相融合："合"-"一"-"口"（"同"字中间字根）=人；三载见丰收，真心到白头：（"丰"－"三"）＋"三"（"真"字中间字根）＋"丿"
（"白"字首笔）＝生。

51. 归天命（宜兴三字方言）

回来数（宜兴话意为不顶真、将就点）。归，回来；数（读
shù），有"命运，天命"之义。

52. 选民张榜（宜兴三字方言）

投人生（宜兴话喻指办事急躁的样子）。按我国《选举法》
规定，选民的产生，须经资格审查、登记确认，最后在选举前 20
日张榜公示。选民参与选举的方式，是直接投票，选民，也称投
票人；候选人，则称被投人。"选民张榜"标志着投票人正式产
生。谜底顿读为：投人/生。

53. 先锋部队传枪声（宜兴三字方言·卷帘格^{注1}）

响阵头（宜兴话意为打雷）。谜面会意为"头阵/响"，倒读
得底。

54. 游蜂错认枝头火（宜兴四字方言）（注：面出［元］张弘范《咏石榴》）

当着不着（宜兴话意为该做的事情不做或该说的时候不说）。
原句："～，忙驾熏风过短墙"，大意为游蜂前来采蜜，误以为枝
头红艳的石榴花是火焰而匆匆飞走。底解作：当作着火不敢
着落。

55. 池水清兮桂婆娑（宜兴三字方言）

木土地（宜兴话意为头脑不灵、反应迟钝）。拆字，"池"之"水"清除扣"也"，"桂"拆分为"木"、"土"、"土"（"婆娑"有"散乱"之义），整合得底。

56. 少年不识愁滋味（宜兴二字方言）（注：面出［南宋］辛弃疾《丑奴儿·书博山道中壁》）

老结（宜兴话意为老练、成熟）。会意反扣，结，有心情忧郁烦闷之义。

57. 交通工具坐个遍（宜兴二字方言）

杂搭（宜兴话意为说话做事没有规矩、荒唐离谱）。杂，解作多种多样；搭，解作乘坐交通工具。

58. 不熟确实行动缓（宜兴三字方言）

生果肉（宜兴话意为花生米）。生，不熟；果，确实；肉，有"行动迟缓，性子慢"之义。

59. 两种食物一肩挑，他乡特产本地少。一个磨来一个烙，一当调料一当饱（宜兴四字方言）

辣面火烧（宜兴话形容批评别人不顾情面）。辣面，辣椒面；火烧，一种传统名吃。

60. 季军争夺五一见（宜兴四字方言）

三对六面（宜兴话指多方就某事当面质证或处置）。季军借代"三"；对，作动词有争夺、较量之义；五一，相加为"六"；

面，作动词有见面之义。

61. 花儿怒放红艳艳（宜兴二字方言）

开火（宜兴话意为开灯）。开，开花；火，像火那样的颜色，一般指红色。

62. 余花晚自开（宜兴二字方言）（注：面出［宋］欧阳修《过钱文僖公白莲庄》）

放夜（宜兴话指放学）。放，花开。

63. 快到农历七月了（宜兴二字方言）

靠相（宜兴话意为依靠别人获得好处）。靠，接近；相，借代农历七月（别称相月）。

64. 冰城有降水（宜兴二字方言）

哈雨（宜兴话指被风吹过来的雨淋湿的现象）。冰城，哈尔滨的别名。

65. 一手抓小事（宜兴二字方言）

把细（宜兴话意为谨慎小心行事）。把，专权、一手独揽；细，琐碎、微小。

66. 横桥西北岸（宜兴二字方言）

本山（宜兴话意为人的体质）。拆字，"横"扣"一"，"桥西"扣"木"，组成"本"；"北岸"扣"山"。

67. 盲人找绳（宜兴二字方言）

摸索（宜兴话意为做事拖拉、迟缓）。会意正扣。

68. 一杯从别后（宜兴二字方言）（注：面出［唐］司空曙《送史泽之长沙》）

木大（宜兴话喻指不乖巧、不聪明者）。拆字，面顿读为：一／杯从／别后，"杯、从"离别后部得"木、人"，与"一"整合得底。

69. 亲娘前来祈雪下（宜兴二字方言）

新妇（宜兴话指儿媳妇）。拆字，面顿读为：亲／娘前来／祈雪下，亲、女、斤、彐整合。

70. 茹毛饮血（宜兴三字方言）

吃生活（宜兴话意为挨揍）。面义：连毛带血地生吃禽兽的生活。底解作：吃生的生活。活，生活。

71. 作为学子别呆板（宜兴三字方言）

做生活（宜兴话意为干活）。生，学生；活，灵活、不呆板。

72. 离开次数（宜兴二字方言）

出趟（宜兴话意为大方）。趟，走动的次数。

73. 合殿生光彩（宜兴二字方言）（注：面出［南朝］庾肩吾《赋得横吹曲长安道》）

明堂（宜兴话指天井）。《说文》：堂，殿也。

74. 因食谋反遗孤子（宜兴二字方言）

饭瓜（宜兴话指南瓜）。拆字，饣（食）+反=饭，孤-子=瓜。

75. 泽西可亲，始终缘浅（宜兴二字方言）

河线（宜兴话指蚯蚓）。拆字，氵（"泽"西）+可=河，纟+戋（"缘、浅"始、终）=线。

76. 紧急走步棋（宜兴二字方言）

火着（宜兴话意为着火）。火，有紧急之义；着（读 zhāo），下棋时下一子或走一步。

77. 分离腐物浑水（宜兴三字方言）

拆烂污（宜兴话意为做事不负责、不讲究）。拆，分散、分离。

78. 只重视皮肉（宜兴三字方言）

轻骨头（宜兴话意为轻浮）。轻，轻视。

79. 下午一时（宜兴三字方言）

十三点（宜兴话意为傻里傻气、不明事理）。点，作计时单位解。

80. 传统食品，古法手艺（宜兴四字方言）

老吃老做（宜兴话意为做某些不正当的事情显得老练）。老，历时长久；吃，作名词指食品。

十八、宜兴特产谜

【猜射范围为本市有一定历史、特有的或著名的产品名称】

1. 鹰鸟飞绝孤星隐，三尺潭水枯草生（宜兴特产名）

雁来蕈。拆字，"鹰"去掉"鸟"、"丶"得"雁"；"三尺"为一米，扣"来"；后句顿读为：潭水枯/草生，"潭"去掉"水（氵）"加上"草（艹）"得"蕈"。

2. 陌西头，明月游，美姿初现，芊柳前人守（宜兴特产名）

阳羡茶。拆字，"陌"西头扣"阝"，"明"去掉"月"扣"日"，合成"阳"；"美"、"姿"前部组成"羡"；"芊柳"两字前部为"艹"、"木"，加上"人"，组合得"茶"。

3. 异乡山水毗，处处面目易，且到芦荡下，一人泪点滴（宜兴特产名）

绿苴头。拆字法猜射，变异的"乡"、"山"、"水"三个字毗连，再加"处处面目易"的提示，扣"绿"；"芦"字"荡"（清除）下部得"艹"，加"且"，合成"苴"；"一人"扣"大"，"泪点滴"（作一点一滴解）即加两点，扣"头"。

4. 皆大欢喜（宜兴特产名）

均陶。陶，作快乐解。

5. 负伤流血不悲伤（宜兴特产名）

彩陶。彩，别解为"负伤流血（如：挂彩）"；不悲伤，反扣"陶（快乐）"。

6. 此系小石拼凑（宜兴特产名）

紫砂。拆字，此+系（"丿"须单笔分离）+小+石=紫砂。

7. 昔日一别离，方得广土遇，两人南北行，统一来会集（宜兴特产名）

芳庄羊肉。拆字法猜射，"昔"之"日"、"一"别离，得"艹"，再得"方"，合成"芳"；"广"、"土"相遇，扣"庄"；"南"字北部笔画"行走"（即去掉），加上"人"、"人"、"一"，整合成"羊肉"两字。"统"、"来会集"作抱合。

8. 谐调合音绕河梁，海枯石烂存相思（宜兴特产名）

和桥豆腐干。谐调，"和"的基本字义，合音，作复扣，提示读音为 hé；河梁，即"桥"；枯，同"干"；烂，同"腐"；相思，借代"豆"。绕、海、石、寄，作抱衬。

9. 出清水次于半瓶（宜兴特产名）

青瓷。拆字，去掉"清"之"氵（水）"为"青"；"半瓶"取"瓦"，加上"次"得"瓷"。

10. 专心致志制瓦器（宜兴特产名）

精陶。精，作形容词有"精诚、专一"之义；陶，作动词有"制作瓦器"之义。

11. 诗仙此心中，洞庭一再记（宜兴特产名）

太湖三白。诗仙李白，字太白；"一再"会意"三"，"洞庭"借代"湖"，"此心中"作嵌入位置提示。

12. 玉环胡同阔三尺（宜兴特产名）

杨巷大米。玉环，浙江县级市，此处借代"杨"（中国四大美女之一杨玉环）；米，别解为长度单位，等于三尺。

13. 家姐早晚享高誉，赤心皓首人同心（宜兴特产名）

宜兴百合。拆字，"家、姐"前后部为"宀、且"，"誉"上部为"兴"，"赤"中心笔画为"一"，"皓"前部为"白"，加上"人"、"同"字中心字根，整合得底。

14. 圃外又笛起，舟行远鸟随（宜兴特产名）

竹园鸡。拆字，囗（圃外）＋又＋竹（笛起）＋元（远-辶〈舟象形〉）＋鸟。

15. 当初等君，甘苦在心（宜兴特产名）

笋干。拆字，"等、君"前部为"竹、尹"合成"笋"；"甘苦"中间为"一、十"合成"干"。

16. 臽（宜兴特产名）

横山鱼头。拆字，"横山"之象形"彐"与"鱼"字上头笔画组成面字。

17. 东坞饯前搭舟返（宜兴特产名）

乌饭。拆字，"坞"之东扣"乌"；"饯"前扣"饣"，"搭舟返"扣"反"（舟象形辶），合成"饭"。

18. 春至前后又去溧水（宜兴特产名）

板栗。春借代木，"后"字前部加上"又"为"反"，两者合成"板"；"溧"去掉"水（氵）"为"栗"。

19. **飘仙下界杏花前**（宜兴特产名）

芥茶。"仙"飘离成"人（亻）、山","界"下部为"介","杏花"前部为"木、艹"，以上整合得底。

20. **八戒夫人性子慢**（宜兴特产名）

猪婆肉。肉，有"性子慢、行动迟缓"之义。

21. **当扶持新手**（宜兴特产名）

宜帮菜。菜，菜鸟，新手。

22. **秋尘起，早先迷醉游西塘**（宜兴特产名）

小酥糖。拆字，"秋、尘"起始为"禾、小","迷、醉"早先为"米、酉","塘"西部游离掉为"唐"，以上整合得底。

23. **花苗养馆前，四点忽开放**（宜兴特产名）

葱油饼。拆字，花"苗"扣"艹田"，"养馆"前扣"丷亻"，与四"点"、"忽"、"开"整合得底。

24. **春色寄相思，小羊爱稻米**（宜兴特产名）

绿豆糕。春色，借代绿；相思，借代豆；羔，小羊。

25. **伊人掩簧喜心间**（宜兴特产名）

笋黄豆。拆字，"尹"（"伊"人掩）与"簧"整合为"笋、黄"，"喜"字中间为"豆"。

26. 举家北上且安定，解甲入闽就一人（宜兴特产名）

宜兴大闸蟹。拆字，兴、宀（"举家"上部）、且、解、甲、闽、大（"一人"）整合而成。

27. 庵里篱前系马，明后养鱼放羊（宜兴特产名）

腌笃鲜。拆字，奄（"庵"里）、竹（"篱"前）、马、月（"明"后）、鱼、羊整合。

28. 河中孤帆东去（宜兴特产名）

吊瓜子。拆字，口（"河"中）、孤、巾（"帆"东去）整合。

29. 陶都火了（宜兴特产名）

宜兴红。火，火红，出名。

30. 每入林间肠先断（宜兴特产名）

杨梅。拆字，每+木+木+肠-月=杨梅。

31. 轻慢头儿，老外犯傻（宜兴特产名）

渎上西瓜。俗语会意：头儿—上（司），老外—西（方），犯傻—（傻）瓜。

32. 迷上唐装，于是节前买下（宜兴特产名）

糖芋头。拆字，米（"迷"上）+唐=糖，于+艹（"节"前）=芋，"买"下=头。

十九、宜兴紫砂壶型谜

【猜射范围为宜兴紫砂壶传统经典器型名称（底不含"壶"字）】

西施　　　掇球　　　石瓢　　　潘壶

仿古　　　德钟　　　容天　　　笑樱

巨轮珠　　思亭　　　线圆　　　龙旦

唐羽　　　大彬提梁　鹧鸪提梁　洋桶

1. 随风飘落孤岩前（宜兴紫砂壶经典器型名）

石瓢。拆字，面顿读成：随风飘/落孤岩前，"随风飘"为"票"，掉落"孤、岩"的前部得"瓜、石"，整合得底。

1. 陕西取得利好势（宜兴紫砂壶经典器型名）

秦权。秦，陕西的简称；权，有利的形势（如：主动权）。

3. 仰首芳草远，相思又廿载（宜兴紫砂壶经典器型名）

仿鼓。拆字，亻（"仰"首部）+方（"芳"去掉"艹"）=仿；豆（"相思"借代"豆"）+又+十+十（廿，二十）=鼓。

4. 欧美推行（宜兴紫砂壶经典器型名）

西施。现代我国简称欧美为"西"。施，施行、推行。

5. 祭祀用酒（宜兴紫砂壶经典器型名）

供春。供（读 gòng），祭祀用品；春，古时酒的别称。

6. 摘星（宜兴紫砂壶经典器型名）

掇球。掇，摘取；星，星球。

7. 说起天下共传宝（宜兴紫砂壶经典器型名）

提璧。《史记·廉颇蔺相如列传》载"和氏璧，天下所共传宝也"。

8. 作恶受惩在首季（宜兴紫砂壶经典器型名）

报春。报，因做坏事而受到惩罚（报应）；春，四季之首。

9. 书面记下某一天（宜兴紫砂壶经典器型名）

文旦。文，用文字记下来；旦，某一天。

10. 美丽出彩，才能出众（宜兴紫砂壶经典器型名）

华颖。华，美丽而有光彩；颖，才能出众。

11. 整齐有序家禽圈（宜兴紫砂壶经典器型名）

井栏。井，整齐、有秩序；栏，养家禽的圈。

12. 分为两地愁（宜兴紫砂壶经典器型名）（注：面出［宋］王安石《沈坦之将归溧阳值雨留吾庐久之三首》）

合欢。会意反扣。

13. 商太祖夫人（宜兴紫砂壶经典器型名）

汤婆。商太祖，商汤，借代"汤"。

14. 百岁曾无百岁人，含泪后生尽沾巾（宜兴紫砂壶经典器型名）

僧帽。拆字，"百岁"、"无百岁"衍消，余"曾、人"，合成"僧"；后句顿读为：含泪后/生尽/沾巾，"含、泪"后面偏旁为"口、目"，"生"尽头为"一"，加上"巾"，合成"帽"。

15. 一心一意（宜兴紫砂壶经典器型名）

德钟。德，心意、信念；钟，专一、集中。

16. 盖章作担保（宜兴紫砂壶经典器型名）

印包。印，盖章；包，保证、担保。

17. 如来神掌（宜兴紫砂壶经典器型名）

佛手。如来，如来佛。

18. 千树万树梨花开（宜兴紫砂壶经典器型名）（注：面出 [唐] 岑参《白雪歌送武判官归京》）

雪华。面句描写雪景华美。华，亦有"开花"之义。

19. 群贤毕至（宜兴紫砂壶经典器型名）（注：面出 [晋] 王羲之《兰亭集序》）

集玉。玉，有"贤才"之义。

20. 全面细查（宜兴紫砂壶经典器型名）

周盘。周，全面；盘，仔细查究。

21. 月映叶舞动，房前草影重（宜兴紫砂壶经典器型名）

葫芦。"月"加"古"（"叶"舞动）得"胡"，"房"前得"户"，"草影重"得两个"艹"。

22. 男子执大铃（宜兴紫砂壶经典器型名）

汉铎。铎，本义大铃。

23. 纽约居民会担当（宜兴紫砂壶经典器型名）

美人肩。纽约，借代美国；肩，担当、担负。

24. 双双牵手方八载（宜兴紫砂壶经典器型名）

掇只。拆字法，"双双牵手"扣"掇"；"方"扣"口"，载入"八"得"只"。

25. "德高望重一品卿"（宜兴紫砂壶经典器型名）

匏尊。面句为夸赞包公尊贵之辞，"夸"、"包"合成"匏"；尊，尊贵、高贵、值得尊重。相传包公 60 大寿时，一律拒收寿礼，皇上派六官司礼张太监前来送礼祝寿，特附纸留言："德高望重一品卿，日夜操劳似魏征；今日皇上把礼送，拒礼门外理不通。"

26. 御用佩饰（宜兴紫砂壶经典器型名）

龙带。龙，借代皇帝。

27. 差点晓天下（宜兴紫砂壶经典器型名）

亚明四方。亚，较差、次一等；明，晓。

28. 有人作伴明日往（宜兴紫砂壶经典器型名）

半月。拆字，"有人作伴"扣"半"，"明"去掉"日"得"月"。

29. 茶学创始（宜兴紫砂壶经典器型名）

唐羽。茶学创始于唐代，创始者为陆羽。

30. 帝王之相（宜兴紫砂壶经典器型名）

容天。面解作：容貌似天子。容，容貌、貌相；天，天子、帝王。

31. 即有云雨随之，天火自后烧其尾（宜兴紫砂壶经典器型名）（注：面出［汉］辛氏《三秦记》）

鱼化龙。面为鲤鱼跃龙门的典故，原文云："有黄鲤鱼，自海及诸川争来赴之。一岁中，登龙门者，不过七十二。初登龙门，即有云雨随之，天火自后烧其尾，遂化为龙矣。"

32. 润扬首通车（宜兴紫砂壶经典器型名）

上新桥。润扬，借代桥，润扬长江大桥为中国第一大跨径的组合型桥梁。

33. 开口荆桃（宜兴紫砂壶经典器型名）

笑樱。荆桃，樱桃的别称。

34. 民谣册子《向阳花》（宜兴紫砂壶经典器型名）

风卷葵。风，有民谣之义；卷（读［juàn］），书籍、册本；向阳花，向日葵别称，简称葵。

35. 篱栅深锁庭院门，初冬斜雁日月长（宜兴紫砂壶经典器型名）

扁腹。拆字，篱栅象形"扁"字下面字根，庭院门义扣"户"；初"冬"扣"冬"，斜雁象形"人"异体（"丿一"组合），与"日、月"整合为"腹"。

36. 有心解忧同白头，口虽没提楚终生（宜兴紫砂壶经典器型名）

龙蛋。拆字，忧-忄+丿（"白"头）=龙，虽-口+"楚"下部=蛋。

二十、宜兴非遗名录谜

【猜射范围为本市各级非物质文化遗产项目名称或代表性传承人姓名】

1. 启超贺词广宣扬（宜兴非遗项目）

梁祝传说。梁，借代梁启超；祝，祝贺。

2. 阿哥活跃阿妹爱（宜兴非遗项目）

男欢女喜。欢，活跃、起劲、旺盛；喜，喜爱。

3. 应准许朝廷相见（宜兴非遗项目）

宜兴庙会。兴，有准许之义；庙，泛指朝廷（如［宋］范仲淹《岳阳楼记》：“居庙堂之高，则忧其民”）。

4. 关胜耍弄看家兵器（宜兴非遗项目）

大刀舞。关胜，水浒人物，其兵器为青龙偃月刀，人称大刀关胜。

5. 路东边，提起灯，一进田，掉水凼（宜兴非遗项目）

烙画。拆字，各（“路”东）+火（“灯”起始部首）+一+田+凵（“凼”去掉“水”）＝烙画。

6. 丁大哥有力，手掌砍断石（宜兴非遗项目）

打夯歌。拆字，丁、大、哥、力、扌（手掌）、欠（“砍”舍“石”）整合得底。

7. 赴千里，会孔明，得交谊（宜兴非遗项目）

马灯舞。借代：千里马、孔明灯、交谊舞。

8. 苦心汗滴禾田，又罗二十金豆（宜兴非遗项目）

十番锣鼓。拆字，"苦"心扣"十"；丶丶（"汗滴"）+禾+田=番；又+罗+十+十+金+豆=锣鼓。

9. 一路指点笑声扬（宜兴非遗项目）

道教音乐（亦称无锡道教音乐）。道，路；乐（读 lè），欢乐。

10. 许氏带刀前往前线（宜兴非遗项目）

剪纸（亦称宜兴刻纸）。拆字，氏+刀+前+纟（前"线"）=剪纸。许，给予、奉献。

11. 宝宝发烧失知觉（宜兴非遗项目）

小热昏。小，小孩；昏，失去知觉。

12. 片舟遁去碑石毁，人到四十命中舛（宜兴非遗项目）

盾牌舞。拆字，"遁"去掉"辶"（舟象形）得"盾"；"碑"去掉"石"得"卑"，与"片"合成"牌"；人+卌（四十的简写）+一（"命"中间）+舛=舞。

13. 赏赐累千亿（宜兴非遗项目）（注：面出［魏晋］曹植《大魏篇》）

锡剧。锡，有"赏赐"之义；剧，有"大、重"之义。

14. 歌咏苍灵（宜兴非遗项目）

唱春。苍灵，中国古神话中五天帝之司春之神。

15. 一再越障表白爱（宜兴非遗项目）

三跳道情。跳，有"越过障碍"之义。

16. 应提倡缩减演出数（宜兴非遗项目）

宜兴节场。节，减少、节约；场，演出场次。

17. 孙悟空的兵器（宜兴非遗项目）

猴棍。兵器是金箍棒。棒，同棍。

18. 陶都介绍隆重写（宜兴非遗项目）

宜兴说大书。说，有"介绍"之义。

19. 狱前会师，四十年一夕（宜兴非遗项目）

狮舞。拆字，犭（"狱"前）+师=狮；卅（四十的简写）+年+一+夕=舞。

20. 察看人品与能力（宜兴非遗传承人）

张德才（西乡狮舞传承人）。张，察看（如：东张西望）。

21. 魏少帝心不负（宜兴非遗传承人）

曹正芳（马灯舞传承人）。魏少帝，曹芳，三国时期曹魏第三位皇帝；不负，反扣"正"；心，中心，作字眼位置提示。

22. 祖辈貌才皆不凡（宜兴非遗传承人）

宗秀英（宜兴丝弦传承人）。秀，容貌秀丽不俗；英，才能出众。

23. 奉天府招兵买马（宜兴非遗传承人）

沈建军（宜兴彩陶装饰技艺传承人）。奉天府，今沈阳。

24. 网开三面恩流芳（宜兴非遗传承人）

汤德香（十番锣鼓传承人）。网开三面，典出《吕氏春秋·孟冬纪·异用篇》，商汤一次狩猎时见部属四面张网，欲让禽兽尽入网中，汤命令去三面留一面，并祷告禽兽们，愿逃者逃之、不愿逃者入网。网开三面消息传到诸侯耳中，都盛赞汤的仁德既可以施与禽兽，必能施与诸侯，故纷纷加盟。谜面拢意为：商汤的仁德留香。

25. 华清池古源（宜兴非遗传承人）

汤泉根（十番锣鼓传承人）。西安华清池温泉有"天下第一御泉"的美称，现有温泉古源景点。温泉，亦称汤泉，根，有来源之义。

26. 与马共天下，财厚势力大（宜兴非遗传承人）

王富强（盾牌舞传承人）。前句用典义扣"王"。东晋时期琅琊王氏家族与当时司马睿皇室力量势力相当甚至过之，史称"王与马，共天下"。

27. 钱老大说话（宜兴非遗传承人·卷帘格^{注1}）

陈伯金（和桥豆腐干传承人）。钱，金；（排行）老大，伯；说话，陈。面拢意为：金伯陈，按格法倒读成底。

28. 皇帝敛财记（宜兴非遗传承人·卷帘格注1**）**

史金龙（官林米酒药丸制作技艺传承人）。按格法底倒读（即：龙金史）扣面。皇帝借代龙；史，往事过程记录。

29. 驾驭孩子远粗俗（宜兴非遗传承人）

凌小雅（高塍猪婆肉制作技艺传承人）。凌，驾驭；小，小孩；雅，不粗俗。

30. 照看老大有话说（宜兴非遗传承人）

顾伯云（宜兴青瓷制作技艺传承人）。顾，照顾、看望；伯，排行老大；云，说话。

31. 话说白玛瑙（宜兴非遗传承人）

谈珂（宜兴青瓷制作技艺传承人）。珂，本义似玉的美石白玛瑙。

32. 闲暇写作居首位（宜兴非遗传承人）

余文元（宜兴青瓷制作技艺传承人）。余，空余、闲暇；元，居首位。

33. 加亮先生挑布衣（宜兴非遗传承人）

吴选民（宜兴均陶制作技艺传承人）。加亮先生，即《水浒传》人物吴用。布衣，别解为平民。

34. 周末下关周边游（宜兴非遗传承人）

吴吉（宜兴均陶制作技艺传承人）。拆字，口（"周"末）+

天（下"关"）=吴；"周"边游=吉。

35. 红遍罗浮与南溟（宜兴非遗传承人）

朱峰海（宜兴均陶制作技艺传承人）。罗浮，山峰名，位于广东博罗县；南溟，南方的大海。唐代李白《当涂赵炎少府粉图山水歌》诗云："峨眉高出西极天，罗浮直与南溟连"。

36. 次日适合上鳗鱼（宜兴非遗传承人·卷帘格[注1]）

鲍宜明（宜兴均陶制作技艺传承人）。鳗鱼，俗称鲍。按格法谜底倒读成"明宜鲍"扣合面意。

37. 限制长远越范围（宜兴非遗传承人）

束永超（官林荤油糕制作技艺传承人）。束，限制；永，长远；超，超越范围。

38. 昭君清早人最靓（宜兴非遗传承人）

王晓丽（宜兴紫砂陶制作技艺传承人）。昭君，借代王；晓，清早、天亮时。

39. 汪洋辟阖，仪态万方（宜兴非遗传承人·上楼格[注7]）

（注：面出鲁迅《汉文学史纲要》）

庄文美（大刀舞传承人）。鲁迅评价庄子"其文则汪洋辟阖，仪态万方，晚周诸子之作，莫能先也。"辟阖，开合之义。指其文笔气势恢弘、文意驰骋自如。按格法，谜底末字移置首位，即"美庄文"（赞美庄子文章）扣合面意。

40. 故齐之治也，吾不曰管仲（宜兴非遗传承人）（注：面出 [北宋] 苏洵《管仲论》）

鲍利安（宜兴紫砂陶制作技艺传承人）。原句为"~，而曰鲍叔"。面句拢意为：鲍叔有利于国家安定。

41. 但使龙城飞将在，不教胡马度阴山（宜兴非遗传承人）（注：面出 [唐] 王昌龄《出塞》）

李守才（宜兴均陶制作技艺传承人）。面意为如果龙城飞将李广如今还在，绝不会让异族匈奴南下牧马度过阴山，拢意：李广镇守有本领。才，有能力、有本领。

42. 四旁木樨特爱惜（宜兴非遗传承人）

周桂珍（宜兴紫砂陶制作技艺传承人）。木樨，桂花的别称。

二十一、宜兴作家著作谜

【猜射范围为常住本市作家公开出版的书著名称】

1. 赤道（宜兴作家著作）

血路（徐风中短篇小说集，百花文艺出版社 1990 年）。血，作形容词有红色之义。

2. 风流不用千金买（宜兴作家著作）（注：面出京剧《红娘》唱词"月移花影玉人来"）

《花非花》（徐风长篇报告文学，人民文学出版社 2006 年）。花，作形容词有"风流浪荡"之义，作动词有"用钱花费"之义。不，同"非"。

3. 管乐无声起疑云（宜兴作家著作）

《何以笙箫默》（顾漫长篇小说，朝华出版社 2007 年首版）。笙箫，泛指管乐器；起，生；云，说。

4. 虫（宜兴作家著作）

《浊水清流》（周德彬长篇小说，海南出版社 2008 年）。拆字，"浊"去掉水为"虫"。

5. 泉水旁侧流，日月耀虎丘（宜兴作家著作）

《氿光塔》（王永君短篇小说集，作家出版社 2009 年）。氿（读 guǐ），泉水从旁流出；虎丘，借代塔。

6. 呈（宜兴作家著作）

《在土一方》（徐朝夫散文集，大众文艺出版社 2010 年）。拆字，"呈" = "土" + "一" + "口"（方），"在"作抱合。

7. 黄河收处天地新（宜兴作家著作）

《一壶乾坤》（徐风紫砂历史大散文，中国青年出版社 2010 年）。壶口瀑布有"天下黄河一壶收"之誉；天地，乾坤。

8. 三番五次评干部（宜兴作家著作）

《八品官儿》（周德彬长篇小说，作家出版社 2010 年）。"三"+"五"=八；衡量，"品"之字义；干部，谐称"官儿"。

9. 消息出自宜兴（宜兴作家著作）

《风从陶都来》（范双喜主编诗集，华文出版社 2011 年）。风，消息。

10. 桑梓尽枕河（宜兴作家著作）

《水乡人家》（张芸散文集，作家出版社 2011 年）。典见唐末诗人杜荀鹤《送人游吴》："君到姑苏见，人家尽枕河"。桑梓，家乡的代称。

11. 广垠江山甘霖足（宜兴作家著作）

《大地丰润》（夏正平文学作品集，四川民族出版社 2011 年）。丰润，丰盛、滋润。

12. 九成水土得整治，绣出秀色党心昌（宜兴作家著作）

《氿城绝唱》（王永君小说集，中国文联出版社 2012 年）。拆字法，"九成水土"四字整合成"氿城"，"绣出秀"加"色"得"绝"，"党心"扣"口"加"昌"得"唱"。

13. 到了中国气都（宜兴作家著作）

《抵达》（范双喜诗歌集，凤凰出版社 2012 年）。中国气都，达州（四川省辖市）。

14. 以步代车当倡导（宜兴作家著作）

《行走宜兴》（陈晓斌散文集，大众文艺出版社 2013 年）。"行走"解作出行时走路；兴，倡导。

15. 主妇（宜兴作家著作）

《东方女性》（周德彬长篇小说，作家出版社 2013 年）。古时主位在东，宾位在西。

16. 滇之旅无怪火起来（宜兴作家著作）

《云游宜兴》（范双喜主编旅游散文集，中国文联出版社 2014 年）。滇、云，云南简称；宜，当然、无怪；火，兴旺。

17. 下方落笔玄龄字（宜兴作家著作）

《南书房》（徐风散文集，世界知识出版社 2014 年）。按"上北下南左西右东"，下方为南；玄龄，房玄龄，以字行于世。

18. 快乐姑娘（宜兴作家著作）

《陶女》（路边短篇小说集，文汇出版社 2014）。陶，快乐的样子。

19. 空空千寻子期音（宜兴作家著作）

《白塔钟声》（任宣平散文集，现代出版社 2015 年）。空空，一无所有，义扣"白"；千寻，借代千寻塔（中国四大名塔之一、大理三塔之大塔）；子期，借代钟子期；音，义扣"声"。

20. 阅看供春传（宜兴作家著作）

《读壶记》（徐风散文集，重庆大学出版社 2015 年）。供春，借代壶。供春壶是公认的紫砂壶鼻祖。传，文字记载。

21. 宁波早晨再沐春光（宜兴作家著作）

《涌潮》（海之长篇小说，杭州出版社 2015 年）。宁波别称"甬"，早晨义扣"朝"，"沐春光"形扣"氵"（五行与四季借代：金/秋、木/春、水/冬、火/夏、土/中，"沐"去掉"木"）。再，重复。

22. 大火方着雾下降，天子持缶求上空（宜兴作家著作）

《烟雨龙窑》（路边散文集，团结出版社 2016 年）。大+火+口（"方"象形）= 烟，雾－务=雨，天子借代龙，缶+穴（上空）= 窑。

23. 罐头加工排下岗，女方破格留下来（宜兴作家著作）

《缸山如画》（任宣平纪实文学，中国文联出版社 2016 年）。拆字，缶（"罐"头）+工=缸，岗－冈=山，女+口（"方"象形）= 如，口（"格"象形）拆破+田（"留"下）= 画。

24. 龙遭虾戏入蒹葭（宜兴作家著作）

《浅水芦苇》（王小凤诗集，文汇出版社 2016 年）。典见《增广贤文》："龙游浅水遭虾戏，虎落平阳被犬欺"。蒹葭，即芦苇

（蒹，没有长穗的芦苇；葭，初生的芦苇）。

25. 芬馥中国药都，是日游人如堵（宜兴作家著作）

《香樟树下》（钱杏宣散文集，团结出版社 2016 年）。前句会意，中国药都指樟树（江西县级市）；后句出自 [清] 蒲松龄《聊斋志异·偷桃》，拆字：是 - 日 - 人 = 下。

26. 年长者应发动起来（宜兴作家著作）

《老宜兴》（徐风主编乡土散文集，中国文联出版社 2017年）。兴，有发动、起来之义。

27. 过江千尺浪（宜兴作家著作）（注：面出 [唐] 李峤《风》）

《风生水岸》（徐风散文集，民主与建设出版社 2017 年）。面句描述：风过江产生的水浪高大。岸，作"高大"解。

28. 二人联句展奇才（宜兴作家著作）

《天狗》（王顺法长篇小说，江苏凤凰文艺出版社 2017 年）。拆字，二 + 人 = 天，句 + 犭（奇"才"）= 狗。

29. 离别鸿江舟已遥，筏上古调竹叶飘（宜兴作家著作）

《鹋笛》（冯乐心散文集，文汇出版社 2018 年）。拆字，"鸿"去掉"江"与"遥"去掉"舟（象形乚）"合成"鹋"；后句复扣，"筏"上部"竹"与"古"调整笔画而得的"由"合成"笛"，"竹"与"叶"调整笔画而得的"由"亦合成"笛"。

30. 快乐城市步行记（宜兴作家著作）

《陶都走笔》（徐风主编乡土散文集，江苏凤凰文艺出版社 2018 年）。快乐，陶；城市，都（读 dū）；笔，有记载之义。

31. 美姿半消旧缘了，芳心几错终虚空（宜兴作家著作）

《阳羡文虎》（宋惠中灯谜作品集，经济日报出版社 2019 年）。拆字，"美姿"半消扣"羡"，"旧"缘"了"成"阳"，"宀"（"芳"心）加"乂"（"错"象形）得"文"，"几"加"虍"（终"虚"空）为"虎"。

二十二、宜兴古诗词谜

【猜射范围各按谜目。谜面出自古代名人吟咏或遗存宜兴以及宜兴籍古人所作诗词】

1. 上人一向心入定（泰国男歌手二字中文名）

（注：面出 ［唐］ 顾况《赠僧二首》。顾况，诗人、画家、鉴赏家，浙江海宁（一说苏州）籍，此为寓居宜兴茶舍所作）

占天。拆字，上、人、一、口（"向"心）整合得底。入定，作抱合词。

2. 家住义兴东舍溪（二字城市建设热词）

（注：面出 ［唐］ 顾况《赠僧二首》。顾况，诗人、画家、鉴赏家，浙江海宁（一说苏州）籍，此为寓居宜兴茶舍所作）

宜居。义兴，宜兴古称。

3. 日晓柳村西（二字中国驰名商标，所在地山东）

（注：面出 ［唐］ 杜牧《茶山下作》。杜牧，陕西西安籍，诗人，此为居住宜兴时所作。茶山，位于宜兴湖㳇镇邵东村与浙江长兴水口乡顾渚村交界处）

昌林。拆字，"晓、柳、村"西部各为"日、木、木"，加上首字"日"，整合得底。

4. 天子须尝阳羡茶（四字网购行为，含天猫食品旗舰店名）

（注：面出 ［唐］ 卢仝《走笔谢孟谏议寄新茶》。卢仝曾在宜南山区种茶。阳羡茶，产于宜兴，始于东汉，唐朝起定为贡茶）

上品上品。底顿读为：上/品上品。品上品，天猫（网）食品旗舰店名、中国驰名商标。唐朝中期，茶圣陆羽认定阳羡茶"芳香冠世，推为上品"，故被选入贡茶之列。面解作：皇上品尝（茶中）上品。

5. 桃花脉脉自成蹊（二字电工名词）

（注：面出〔唐〕陆希声《桃溪》。陆希生，吴县人，唐昭宗时宰相，曾避乱隐居义兴（今宜兴）湖㳇颐山）

开路。开，解作花儿开放。蹊，泛指路。

6. 三月未有二月残（二字桥牌术语）

（注：面出〔唐〕李郢《阳羡春歌》。李郢，陕西西安人，诗人，官终侍御史，曾随杜牧到宜兴）

单缺。谜面自行衍消，"三月未有二月"剩余"一"，得谜面"一残"，义扣得底。

7. 知是开元前（四笔字）

（注：面出〔宋〕蒋岩《张公洞》，蒋岩，宜兴人，宝祐四年进士，年二十二登科）

仁。拆字，由"知是开元"首笔"丿丨一一"合成。

8. 神仙宅何处（二字医学名词）

（注：面出〔宋〕蒋岩《张公洞》。蒋岩，宜兴人，宝佑四年进士，年二十二登科）

穴位。承启会意，启下句"洞府别有天"。穴，洞；位，居、处）

9. 人望旌旗何日还（四字交通用语）

（注：面出〔宋〕佘中《送程给事知越州》。佘中，宜兴历史上第一个状元，官至太守）

巴士早班。巴，盼望；旌旗，借指军士；班，班师、返回。

227

10. 买田阳羡吾将老（成语·粉腿格^{注8}）

（注：面出［宋］苏轼《菩萨蛮》。苏轼，世称苏东坡、苏仙，四川眉山人，曾任翰林学士、侍读学士、礼部尚书等职，文学家、书法家、画家。苏轼一生曾十多次来过宜兴，置田买地，筑舍而居）

因地制宜。后句"从初只为溪山好"。面拢意：因地置宜（因为地方好而置田、置身于宜兴）。阳羡，今宜兴。按谜格，倒数第二字"置"以同音字"制"（均读 zhì）替之得底。

11. 得折便须折（七字经典歌词）

（注：面出［宋］陈克《好事近·石亭探梅》。陈克，浙江临海人，词人，此为寓居宜兴潼渚期间所作）

该出手时就出手。电视连续剧《水浒传》主题曲《好汉歌》歌词。

12. 忽听鸡鸣思起舞（二字戏曲行当）

（注：面出［宋］王志道《和秋浦闻鸡偶成》。王志道，宜兴人，诗人）

武旦。武，有舞蹈之义，通"舞"；旦，天亮、破晓。

13. 欲睡携书就枕（四字银行术语）

（注：面出［宋］李曾伯《西江月·宜兴山间即事》。李曾伯，名臣、词人，原籍河南覃怀，南渡后寓居浙江嘉兴，曾寄居宜兴善卷寺读书，卒后葬于善卷山）

连本带息。本，书本；息，休息。

14. 两岸人家浸小河（银行术语二，3+2）

（注：面出［宋］王谌《茗溪舟次》。王谌，诗人，宜兴人，《四库全书·江湖后集》卷一三录有其诗六十余首）

对私户，贴水。两岸，扣"对"，面对面、彼此相向；人家，扣"私户"，私人住户。

15. 不知何处是君家（古代科举名词）

（注：面出［宋］陆游《题三莤郡道士云隐》。原句为："郡画溪头云万叠，～"。陆游，文学家、史学家、爱国诗人，浙江绍兴人，历任知州、秘书监、太中大夫等职。古时从湖汊青龙湾至汤渡兴隆桥这一段荆溪河曲曲折折，两岸多朱藤花，桃红柳绿，飞絮片片，碧流荡漾，辉映如画，故名"郡画溪"，今名画溪河）

天子门生。本意指科举时代皇帝亲试录取之士。别解为：天子的门户生疏（天子，君、君主）。

16. 流光容易把人抛（二字物理名词）

（注：面出［南宋］蒋捷《一剪梅·舟过吴江》。蒋捷，词人，宋末元初阳羡县（今宜兴）人）

时速。面拢意为时光过得快。

17. 红了樱桃，绿了芭蕉（四字传统工艺名词，首字12笔）

（注：面出［南宋］蒋捷《一剪梅·舟过吴江》。蒋捷，词人，宋末元初阳羡县（今宜兴）人）

植物染色。亦有草木染色一词，为避免异底，故标注首字12笔。

18. 点滴到天明（四字泊车行为）

（注：面出［南宋］蒋捷《虞美人·听雨》。蒋捷，词人，宋末元初阳羡县（今宜兴）人）

不停地下。面意为：雨不停地下落。底顿读为：不停/地下。

19. 一著高天下（七笔字）

（注：面出［南宋］蒋捷《念奴娇》。蒋捷，词人，宋末元初阳羡县（今宜兴）人）

芙。拆字，一、艹（"著"上部）、大（"天"下部）整合。

20. 笑万朵香红（三字口语）

（注：面出［南宋］蒋捷《摸鱼子·鼍吟鞭》。蒋捷，词人，宋末元初阳羡县（今宜兴）人）

乐开花。香红，指花。

21. 鬓已星星也（四字常用语）

（注：面出［南宋］蒋捷《虞美人·听雨》。蒋捷，词人，宋末元初阳羡县（今宜兴）人）

发现亮点。底别解为：头发出现（星星般的）亮点。

22. 对镜空嗟白发新（四字娱乐界称谓，冠女高音歌唱家名）

（注：面出［南宋］岳飞《过张溪赠张完》。岳飞，军事家、战略家、民族英雄。此为岳飞在常州击溃金军班师回宜兴路过张溪〈今张渚一带〉，拜访高士张完所作）

张辛粉丝。张，看、望；辛，辛酸；粉，白色；丝，头发。

23. 霹雳浪声中（网络语言二，2+2）

（注：面出 [元] 谢应芳《风入松·贺宜兴殷伯贤远回》。谢应芳，元末明初常州武进人，学者、文学家、教育家、方志学家，酷爱阳羡茶，喜交宜兴文友）

雷剧，潜水。面解作：雷电剧烈地没入水中。

24. 重铠身被历战场（四字党史名词）

（注：面出 [明] 卢象升《军中七夕歌》。卢象升，南直隶常州府宜兴县〈今宜兴〉人，著名将领、民族英雄）

武装斗争。被，古同披，覆盖。武装，身着戎装。

25. 新月如钩碧空际（十笔字）

（注：面出 [明] 卢象升《军中七夕歌》。卢象升，南直隶常州府宜兴县〈今宜兴〉人，著名将领、民族英雄）

砼。形扣法猜射，新月象形"丿"，钩象形"乚"，碧、空两字的边际各取"石、宀"，整合得底。

26. 仿佛见容仪（三字疾病名）

（注：面出 [明] 徐溥《终慕为王廷瑞题》。徐溥，南直隶常州府宜兴县人，内阁首辅，四朝宰相）

象面人。其病因系普罗蒂斯综合症，症状为面部肿瘤不断长大似大象头脸。谜面会意为：好像面见人。

27. 先志未忘年尚少（俗称谓二）

（注：面出 [明] 徐溥《送仲弟时望归率儿辈为义田之举》。徐溥，南直隶常州府宜兴县人，内阁首辅，四朝宰相）

小将、老记。底顿读为"小将老/记"扣合面意。

28. 我欲御长风（著名抗日英烈）

（注：面出［明］吴正志《乾元芥》。吴正志，宜兴人，幼承家训，讲学东林，万历十七年进士，授刑部主事）

余志远。时任山东乐陵县抗日民主政府县长兼县大队大队长（1917~1943 年），见民政部 2015 年公布第二批 600 名著名抗日英烈名录。长风，远风。

29. 流为千丈溪（金融职务冠姓）

（注：面出［明］马治《卷画溪》。马治，宜兴人，善诗文书法，洪武初由茂才举授内丘知县，迁建昌府同知。卷画溪，今湖㳇、丁蜀境内画溪河）

水行长。行，本意读 xíng（走、流动），底别意读 háng（银行）。

30. 量小不堪容大物（成语，第三字 5 笔）

（注：面出［清］郑燮《自题紫砂壶》。郑燮，书画家、金石家、诗人，曾收集、自制宜兴紫砂壶）

具体可微。面拢意为：（紫砂壶）器具的形体可小了。可，表示强调（例：这人可好了）。另有成语"具体而微"，其"而"似嫌踏空，此底相对贴切，故标注谜底第三字 5 笔。

31. 长日不曾闲（二字经典单机游戏名）

（注：面出［清］陈维崧《法驾导引·曹南耕表弟礼斗甚虔词以纪之》。陈维崧，宜兴人，明末清初词坛第一人，阳羡词派领袖）

夜空。会意反扣。长日，整个白天。

32. **骤若淫龙喷沫，狂比长鲸跋浪**（成语）

（注：面出〔清〕陈维崧《夏五月大雨，南亩半成泽国，而梁溪人尚有画舫游湖者，词以寄慨》。陈维崧，宜兴人，明末清初词坛第一人，阳羡词派领袖）

天下大势。面句译文：疾速如同暴虐的蛟龙喷吐口沫，狂放好比巨大的鲸鱼鼓动浪涛。谜底解作：天下大雨之气势。语出〔明〕罗贯中《三国演义》第一回："话说天下大势，分久必合，合久必分。"

二十三、宜兴其他底材谜

【猜射范围分别按谜目标注】

1. 春秋楚国小河流（宜兴古地名）

荆溪。荆，春秋时楚国的别称；溪，泛指小河流。

2. 不取一文得高誉（宜兴古地名）

义兴。拆字，文－一＝义，高"誉"＝兴。

3. 山南水北生爱慕（宜兴古地名）

阳羡。阳，本义山南水北。

4. 中华岱宗（宜兴古地名）

国山。中华，借代国；岱宗（泰山别称），借代山。我国尚无法律上定义的"国山"，但民间一直以来有泰山为国山一说。

5. 置身河海要冲（宜兴古地名）

临津。河海要冲，天津（简称津）的别称。

6. 鸟随我去洲头（宜兴古地名）

鹅州。拆字，鸟＋我＝鹅，洲－氵＝州。

7. 全面惩治取缔黄赌毒（宜兴历史典故）

周处除三害。"全面"属"周"的基本字义，"惩治"系"处"的基本字义，"取缔"是"除"的基本字义，"黄赌毒"乃众所周知的"三害"。

8. 岳不群变了声誉（宜兴历史典故）

独山改名。岳不群是金庸小说《笑傲江湖》中一个主角人物，一度誉满江湖，实质是个十足的伪君子，最终身败名裂。此处"岳不群"别解为山不成群，义扣"独山"；"变了"、"声誉"义扣"改"、"名"。

9. 口头相告贺架桥（宜兴历史典故·卷帘格[注1]）

梁祝传说。面会意成：说传祝梁。梁，作动词有架桥之义。按格法倒读得底。

10. 无穷之地（宜兴历史典故）（注：面为笑言网络长篇小说名）

富贵土。会意反扣，无穷，别解为不贫穷。

11. 应倡导向冠军看齐（宜兴事业机构名）

宜兴第一中学。应，宜；倡导，兴；向冠军看齐，（从）第一（名）中学（习）。

12. 读好书、动双手，从娃娃抓起（宜兴事业机构名）

善卷实验小学。会意正扣，善，好；卷，书。

13. 月老牵线皆欢喜（宜兴网络媒体名·卷帘格[注1]）

陶都传媒（宜兴市广电台主办）。"月老"扣"媒"，"牵线"扣"传"，"皆"同"都"，"陶"字义解作快乐的样子，谜面拢意为"媒传都陶"，按格法倒读得底。

14. 应提倡每天传达（宜兴报刊名）

宜兴日报（宜兴市委机关报）。兴，有提倡之义。

15. 种植范围（宜兴报刊名）

艺界（宜兴市文联主办）。艺，本义种植；界，界限、范围。

16. 与兄分赏，同兄竞智（宜兴报刊名）

党员知音（宜兴市委宣传部主办）。拆字，前句"兄、赏"整合为"党、员"，后句顿读：同兄竞/智，竞-兄+智=知音。

17. 五湖四海几度齐心（宜兴报刊名）

氿风（宜兴日报社主办）。拆字，五湖四海，扣"氿"；几+乂（"齐"心）=风。

18. 不适合流行天然（宜兴报刊名·掉尾格^{注5}）

宜兴工人（宜兴市总工会主办）。按格法谜底最后二字互换位置（即"宜兴人工"）反扣面意。天然，与人工相对。

19. 小孩别弄（宜兴城区老地名）

大人巷。会意反扣，弄，别解为巷（弄堂、里弄）。

20. 要先由广东港装卸（宜兴城区老地名）

西庙巷。面句顿读为：要先/由广/东港/拆装，"要先"扣西，"由广"扣庙，"东港"扣巷，"装卸"，作拆字法提示。

21. 尊重孙中山（宜兴城市精神表述二字词）

崇文。孙中山，名文。

22. 待人宽容朱老总（宜兴城市精神表述二字词）

厚德。朱老总，国人对朱德元帅约定俗成的尊称。

23. 名利始终抛，皆靠诚为先（宜兴城市精神表述二字词）

和谐。拆字，"名"之前部、"利"之后部去掉得"口"、"禾"，合成"和"；"皆"与"讠"（"诚"的前部）合成"谐"。

24. 一人下田去泼水（宜兴城市精神表述二字词）

奋发。拆字，一+人+田＝奋，泼－氵（水）＝发。

25. 竹影依依离重庆，酌前调和听猿声（宜兴星级农家乐商号）

篱笆园。拆字，"竹影"扣"竹、竹"，与"离"、"巴（重庆的简称）"组成"篱笆"；"酌"前"酉"调整为"园"，"听猿声"为提音复扣（读 yuán）。

26. 念起三生异（宜兴星级农家乐商号）（注：面出〔宋〕王铚《梦中赋秋望》）

天一。拆字，"念"起始部首为"人"，"三"作变动，整合得底。

27. 乐事期中秋（宜兴星级农家乐商号）（注：面出〔宋〕王灼《中秋大雨》）

兴望。望，农历每月十五日。

28. 鲲鹏散士说子休（宜兴星级农家乐商号）

金云庄。鲲鹏散士，金圣叹别号；云，说；子休，庄子别号。金圣叹点评的《庄子》有"第一才子书"之称。

29. 天子遁吴越（宜兴星级农家乐商号）

龙隐江南。天子，借代龙；吴越，江南先秦时期之称。

30. 苔痕犹上墙（宜兴星级农家乐商号）（注：面出 [宋]黄庭坚《和外舅凤兴三首其一》）

绿缘。缘，向上爬、攀援

31. 画工可写渊明诗（宜兴度假酒店简称）

水墨田园。[宋] 方回《题渊明采菊图》原句"画工可写渊明面"。陶渊明，田园诗派创始人。

32. 藏皇粮（宜兴度假酒店简称）

隐龙谷。皇，借代龙；粮，有谷类之义。

33. 浩风起天末，广场枝头春（宜兴度假酒店简称）

义椿庄。拆字，"浩风"起笔（丶丿）与"天"末笔（乀）组成"义"；"广"与"场枝"前头（土木）、"春"合成"椿庄"。

34. 容易弯曲（宜兴溶洞名）

善卷。善，容易、易于；卷（读 quán），膝盖弯曲，泛指弯曲。

35. 一切福国利民之事，挺然为之（宜兴溶洞名）（注：面出〔明〕袁中道《游居柿录》）

张公。面句评价明朝内阁首辅张居正一心为公。

36. 神仙稻（宜兴溶洞名）

灵谷。面解：20世纪90年代初期，巴西政府赠送我国362粒"巴西陆稻"稻种，经农科人员努力、不断试种，该稻种适宜旱地、缺水田、高排田等环境种植，亩产高，米质好，被誉为"神仙稻"。灵，神仙、神灵。

37. 洒水净耐庵（宜兴溶洞名）

西施。"洒"去掉"水（氵）"得"西"；耐庵，借代施耐庵（《水浒传》作者）。

38. 太阳西落小花后谢，前缘已空双蝶终飞（宜兴溶洞名）

慕蠡。拆字，太、日（"阳"左部去掉）、小、艹（"花"下部去掉）整合为"慕"；"缘"前部去掉得"彖"，双"蝶"后部去掉得"虫、虫"，整合为"蠡"。

39. 江头青枫未逢春（宜兴溶洞名）

清风（清风洞位于竹海景区，2010年发现，尚未开放）。拆字，氵（"江"头）+青=清；枫-木（春借代木，属五行、四季借代——金/秋、木/春、水/冬、火/夏、土/中）=风。

40. 幸亏一高桥，岸上兵退下（宜兴寺庙名）

南岳（南岳禅寺位于新街南岳山）。拆字，"幸"去掉"一"

与"冂"（高桥象形）整合成"南"；"岸"上部与去掉下部的"兵"整合成"岳"。

41. 阵场前成皇（宜兴寺庙名）

城隍（城隍庙位于周铁、张渚老街）。拆字，"阵场"前为"阝、土"，与"成、皇"整合。阵场，犹战场。

42. 水至清则无鱼（宜兴寺庙名）（注：面出〔东汉〕班固《汉书·东方朔传》）

澄光（澄光禅寺位于张渚龙池山）。澄，水清澈、透明。

43. 大海扬波作和声（宜兴寺庙名）（注：面出公木词、刘炽曲《英雄赞歌》）

潮音（潮音寺位于芳桥阳山荡）。潮，海水的涨落。

44. 祭神酒肉的来历（宜兴寺庙名）

福源（福源寺位于丁蜀大潮山、徐舍烟山）。福，有"祭神的酒肉"之义。

45. 旭日出山烽火熄（宜兴寺庙名）

九峰（九峰寺位于太华镇太华山）。拆字，旭-日=九，山+烽-火=峰。

46. 擅于变通（宜兴寺庙名）

善权（善权寺位于张渚善卷洞）。善，擅长；权，权宜、变通。

47. 光耀王天下（宜兴寺庙名）

显圣（显圣寺位于丁蜀蜀山）。显，光明、显耀；圣，古之王天下者。

48. 六亿神州尽舜尧（宜兴寺庙名）（注：面出毛泽东《七律二首·送瘟神·其二》）

周王（周王庙位于宜城城区）。周，普遍、全面；舜、尧，远古帝王。

49. 冷月挂空府（宜兴寺庙名）（注：面出［宋］苏轼《次韵刘景文路分上元》）

寂照（寂照寺位于湖㳇竹海）。寂，寂静、冷落；照，（月光）映照。

50. 从头开始起草中篇（宜兴寺庙名）

大芦（大芦寺位于新街寺前村）。拆字，"从"的前部"人"与"开"的始笔"一"整合为"大"；"草"起始部首为"艹"与"篇"的中部"户"整合为"芦"。

51. 有心志，付爱心，创业立下头功（宜兴题材电影名）

壶王（2010年央视电影频道播出的宜兴首部紫砂题材影片）。拆字，志-心+宀（"爱"心）+业=壶，一（"立"下）+工（头"功"）=王。

52. 九龙山色船头看（宜兴题材电影名）（注：面出［元］顾瑛《次龙门琦公见寄韵》）

243

顾景舟（2015 年公映的宜兴首部紫砂名人传记影片）。底会意：观景于船。顾，观看。

53. 良好新开端（宜兴题材电影名）

亲娘（2017 年公映的宜兴首部抗战题材影片）。拆字，面顿读为：良/好新开端，"好新"开端（开始的部首）扣"女、亲"，与"良"整合得底。

54. 与心上情人约会（宜兴市区菜场名）

青云。拆字，情-心（忄）＝青，会-人＝云。

55. 欧美树种（宜兴市区菜场名）

西木。我国现称欧美为"西洋"或"泰西"，简称"西"。

56. 碧玉留苏州（宜兴市区菜场名）

绿园。碧玉，喻绿色自然景物；留，借代苏州留园（中国四大名园之一），其有"小家碧玉"之誉。

57. 公之学以刚为主，其在朝，气象岩岩，端方特立，诸臣僚多疾恶之，无与立谈（宜兴市区菜场名）（注：面出［清］屈大均《广东新语·卷七人语》）

瑞德。面为评价明朝著名清官海瑞德行之语。瑞，借代海瑞。

58. 都市的主人（宜兴市区菜场名）

城东。东，有"主人"之义（古时主位在东、宾位在西）。

●谜格注释

1. 卷帘格，指谜底三字以上，倒读扣合谜面。如：真要见了，倒没意思（成语·卷帘格），谜底"义无反顾"，谜面会意成"顾（别解为"看见"）反无义"，倒读得底。

2. 掉首格，指谜底三字以上，将谜底首字、第二字调换位置与后面字连读扣合谜面。如：蜃楼（地名·掉首格），谜底"上海市"，按格法读成"海上市"扣合谜面。

3. 秋千格，指谜底为两字，互换位置后扣合谜面。如：不辞而别（法律名词·秋千格），谜底"走私"，倒读"私走"切合谜面。

4. 白头格，指谜底两字以上，第一字用谐音替代解释谜面。如：走读（哲学名词·白头格），谜底"形而上学"，首字"形"用谐音读作"行"。

5. 掉尾格，指谜底为三字以上，将最后二字调换位置后扣合谜面。如：远离小三（成语·掉尾格），谜底"不近人情"，读成"不近情人"，即切谜面。

6. 素心格，指谜底为三字以上单数，中间一字谐读后扣合谜面。如：分外眼红（京剧名·素心格）谜底为"一箭仇"，中间"箭"字与"见"谐音，以"一见仇"相扣。

7. 上楼格，指谜底三字以上，末字移置首位扣合谜面。如：仅供内部观看（4字口语·上楼格），谜底"不要见外"，读成"外不要见"符合面意。

8. 粉腿格，谜底四字以上，倒数第二个字用谐音代替解释谜面。例如：乡村四月闲人少（节令名二），谜底：夏至、芒种。"芒"与"忙"谐音切合谜面。

附 录

宜兴灯谜历史渊源

许碑重立久推详

　　北宋中后期重要笔记《青箱杂记》为邵武进士吴处厚所撰，多记五代至北宋年间朝野杂事，其中卷七中载有一则与宜兴相关的"许碑重立"谜：徐铉父延休博物多学，尝事徐温为义兴县令，县有后汉太尉许馘庙，庙碑即许劭记，岁久字多磨灭，至开元中，许氏诸孙重刻之，碑阴有八字云："谈马砺毕王田数七。"时人不能晓，延休一见，为解之曰："谈马即言午，言午许字；砺毕必石卑，石卑碑字；王田乃千里，千里重字；数七是六一，六一立字。"此亦杨修辨齑臼之比也。

　　许馘（yù），宜兴人，曾任司农，后迁卫尉。东汉灵帝光和四年（181）九月，太尉刘宽被免，遂拜许馘为太尉，应该说许馘是宜兴历史上第一位宰相。许馘虽居高位，却不善为官。其时恰东汉末年，外戚、宦官的内部斗争十分激烈，朝政腐败，诸侯拥兵割据，朝廷的政令已难以在全国实施。第二次"党锢之祸"后，汉灵帝刘宏为从宦官手中夺回权力，于光和五年（182）正月大赦天下，并下诏令公卿根据流传的民谣检举为害百姓的刺史、郡守的宦官子弟或宾客。上任数月的许馘，在执行灵帝诏令的过程中，对宦官顽固势力的抵制和反抗，缺乏充分的估计，更没有采取强有力的措施。结果被他们上下勾结，串通一气，对真正贪赃枉法、声名狼藉的全不敢过问，却毫无根据地检举了地处边远小郡、清廉而颇有政绩的 26 名官员。这些官员的部属及所属地区的百姓到洛阳皇宫门前为他们申诉。司徒陈耽上书"公卿所举，率党其私，所谓放鸱枭而囚鸾凤。"灵帝为此责备了太尉许馘、司空张济。将被征召问罪的官员全部封任为议郎。同年十月，许馘被免去太尉职务，离京外放，后辞官回到故乡。

许馘墓碑铭由人称"月旦评"的东汉末年著名人物评论家许劭（150-195）所撰。后来，许馘墓年久失修而荒废，碑文也剥蚀不清。唐开元（713-741）年间，许氏后裔重建时，碑阴镌有"谈马、砺毕、王田、数七"八字。一时无人知晓这是什么意思，直到一百多年后，乾符（874-879）年间的进士、当时的宜兴县令徐延休见了，才推详出这八个字是隐语，解出"许碑重立"四字。许太尉与其夫人刘氏的合葬墓地在宜兴南门外许墓墩（今宜城街道迎宾小区内），当地人俗称汉墓、许将军墓。不过南宋咸淳《毗陵志》已明确记载"汉许太尉庙碑今亡"。而许太尉夫人的墓碑"司农刘夫人碑"，今尚存残碑。明代文学家徐贲谒许馘墓后，曾题诗一首：

> 南郭桥边有废坟，乡人传是许将军；
> 土中印出名才识，火后碑残迹少闻。
> 旗卷虎牙空落水，剑埋龙气只寒云；
> 昔年我亦曾游此，吊古于今又送君。

许墓墩至近代只剩下一个大土墩，上个世纪 80 年代城市改造时，已彻底铲平。

另，近年有人考证，"许太尉庙碑"为东汉学者应劭所撰。灯谜界认为最早的文义谜，是东汉蔡邕书在曹娥碑阴的"黄绢、幼妇、外孙、齑臼"，而"谈马、砺毕、王田、数七"异曲同工，故《青箱杂记》评说"此亦杨修辨齑臼之比也"。"许碑重立"虽成谜较晚，但也影响甚广，被收录进《全唐诗》第 877 卷"谚谜"之中。

上元懒打看灯谜

明末清初词坛第一人、阳羡词派领袖陈维崧（1625~1682），字其年，号迦陵，宜兴人。幼时便有文名。康熙十八年（1679年），举博学鸿词科，授官翰林院检讨，纂修《明史》。陈维崧出生于讲究气节的文学世家，祖父陈于廷是明末东林党的中坚人物，父亲陈贞慧是当时著名的"四公子"之一。陈维崧少时作文敏捷，词采瑰玮，吴伟业曾誉之为"江左凤凰"。明亡时，陈维崧才 20 岁。入清后虽补为诸生，但长期未曾得到官职，身世飘零，游食四方，接触社会面较广。又因早有文名，一时名流如吴伟业、冒襄、龚鼎孳、姜宸英、王士禛、邵长蘅、彭孙遹等，都与他交往，其中与朱彝尊尤其接近，两人在京师时切磋词学，并合刊过《朱陈村词》。清初词坛，陈、朱并列，陈为"阳羡派"词领袖。陈维崧的词，风格豪迈奔放，接近宋代的苏、辛派，数量也很多，现存《湖海楼词》尚有 1600 多首。

在其所作词中，多次提到了灯谜。如《采桑子·送李云田之吴门迎侍儿扫镜》词中，有"谜语应猜，庄语非诙"句。特别是作的《烛影摇红·丁巳上元夜泊河桥》一词，写到了上元夜江南有猜灯谜的习俗：

> 露驿烟庄，一般箫鼓千门沸。银毡彩幔四围红，漾遍斜桥里。曼衍鱼龙百戏。闹蛾儿、游童成队。非无粉帕，亦有檀钗，暗中潜坠。
>
> 回首春城，上元风景依稀记。今宵一棹缆烟汀。懒打看灯谜。且引村醪自醉。枕渔蓑、和愁早睡。迢迢往绪，历历前情，付之流水。

此词写于清康熙十六年（1677）元宵。是年陈维崧53岁，却依旧生活困窘，纵然四周是箫鼓声沸，彩幔飘红，鱼龙百戏，游童成队，心中有的只是往绪愁苦，故懒打看灯谜，和愁早睡。据《陈维崧年谱》载，陈维崧自上年（1676）秋接其妾及子到宜兴后，一直住在宜兴，偶也往来苏州、镇州、昆山等地，至康熙十七年（1678）才离开宜兴到昆山，并受宋德宜推荐到京城。词题中说的"河桥"确切地址或无法精准，但应该在宜兴一带。也就是说，元宵猜谜，肯定是咱们江南地区的传统习俗无疑。

看君健笔凌霄汉

民国之初，由报人邵飘萍与潘公弼于北京创办了一份很有影响力的民办报纸《京报》，该报不以特殊权力集团撑腰，主张言论自由，自我定位是民众发表意见的媒介，很快得到广大读者喜爱，名声倾动一时。《京报》初创时，附设了《小京报》，相当于现在的副刊。内容品类繁多，有诗文、小说、金石掌故、戏曲、美术等，其中也不乏灯谜相关的内容。该报的主持人，即是有着"民初三大名记者"之一、"中国撰述界三杰"之一的宜兴人徐凌霄。

徐凌霄（1882~1961），名仁锦，字云甫，笔名彬彬、独尘、别号凌霄汉阁主。徐凌霄兄弟七人中排行老四，其父徐致愉，以进士分发山东，历任新泰等县知县，后迁居省城济南，徐凌霄幼年随父宦游山东，后考入京师大学堂（北京大学前身）土木工程专业。徐凌霄受伯父徐致靖和堂兄徐仁铸等"救国先造舆论"的影响，支持维新变法，并于清末进入新闻界，1916年任《申报》《时报》驻京特派记者，因著文反袁世凯、反帝、反封建、反军阀混战，久负盛名。与邵飘萍共创《京报》，曾主编《京报》《晨报》《实报》《大公报》等报的副刊，先后设立了《凌霄随笔》《凌霄汉阁谈荟》《凌霄汉阁笔记》《凌霄汉阁随笔》等专栏，娴于经史，熟悉掌故，随笔内容有趣，文字晓畅，广受欢迎。新中国成立后，徐凌霄应北京大学之聘，从事古籍整理工作；1954年，又受聘为北京文史馆馆员，是近现代著名的记者、掌故专家和戏剧研究专家。

在徐凌霄所主持的《京报》中，有一篇他写的《凌霄汉阁谜话》（1919），谜话中描述了他在济南时的猜谜场景："济南之谜会，仍只于灯节行之。先在北渚以南之曲水亭，后有雅园，皆茶肆也。逢春正月望前后三日内，是邦人士纷集，奖品以茶票、烟卷、瓜子为多，信笺、笔墨次之，最精难猜之谜，则有点心、洋酒、罐头、果食之类。谜条下注奖品，奖品即尽茶肆取给，由出谜者预付资盖章于条，得奖者任何日持条，皆可自由品茗或取物，茶肆以能助生意，极欢迎之。"徐凌霄自谦不善射，但对人名、地名、志目、韵目、泊号等谜有专攻，如"大皇帝"射泊号"小霸王"，"晚钟"射泊号"鼓上蚤"。徐凌霄之所以提到"济南之谜会"，系他的三兄徐仁铎住在济南，且工文虎。徐凌霄在谜话中说:"愚兄弟中工此道者,惟穌佛为最,涉猎既多,记忆力亦强,猜谜之径路方法,胸中烂熟,故一涉谜场,则纸条纷纷揭落。"

徐仁铎,字和甫,笔名穌佛,久居济南,耽心文史,劬学通识。1919 年 3 月 1 日起,《京报》开始连载《北平射虎社戊午谜辑》,徐仁铎阅后,触动灯谜之雅好,写就《穌佛说谜》,说道:"病魔相扰,甫获起床,偶阅《小京报》,有陈冕亚君北平社灯谜,顿触素嗜,爰将廿年来记忆所及,以次录出,寄韫弟(韫,亦为徐凌霄笔名)副刊,与同嗜者共商榷之,并望冕亚先生之有以教我也。"《穌佛说谜》陆续登出了他原创及抄录的谜作,包括济南谜家徐晋臣、徐仲元、李继璋等的谜作,对研究晚清、民国济南谜史有着很大的帮助。北平射虎社主将陈冕亚在见到徐仁铎的谜话后,力邀其加入北平射虎社。陈冕亚在上海《文虎》1930年第 8 期所写的《春灯谈往录》上,录有北平射虎社的名单,徐凌霄、徐穌佛名列其中,此外,还有徐家排行老五的徐湘圃的名字。

徐凌霄的弟弟徐一士(1890-1971),名仁钰,字相甫、湘圃,号骞斋,也是我国著名的掌故学家,与其兄徐凌霄并称为"晚近掌故史料之巨擘"。宣统三年(1911)中举,任清政府都事司七品小京官。辛亥革命后,徐一士任《京津时报》《日知报》《京报》等报编辑,与其兄徐凌霄合著《凌霄一士随笔》连载,并出版《一士类稿》《一士谈荟》等掌故集,保存了不少珍贵的历史资料。徐一士亦加入过北平射虎社,遗憾的是由于资料的匮乏,未能找到他的谜话和谜作。仅见《京报》上徐凌霄给陈冕亚回信,介绍徐一士入社:"射虎一道,家弟湘圃颇为擅长,可为贵社介绍作一良友,弟虽偶喜为之,然素缺研究,恐以不舞鹤贻羞耳。"

　　徐氏一门三兄弟同有谜好，这在民国谜史上非常罕见，也凸显了宜兴深厚的文化积淀。

（项　行　供稿）

宜兴新世纪谜事记略

●2010 年 11 月 1 日，宋惠中以破浪网名在宜兴日报社官网"宜兴网·阳羡论坛"始发《宜兴本土灯谜》系列帖子（前后共48 帖），这是宜兴网络媒体首次发布互动原创灯谜。

●2012 年 10 月 19 日，宜兴市广播电视台官网"陶都传媒·阳羡茶馆论坛"开办"晨兴影院杯"网络有奖猜谜活动，每周两期，共 100 期，首开宜兴网络媒体与商界合作谜事活动之先河，谜题被《中华灯谜》月刊 2013 年第 11 期整版刊用。之后，该网又出资再度举办为期一年的"陶都传媒杯"网络有奖猜谜活动，共 50 期。均由宋惠中原创谜题并担任主持。

●2013 年 2 月 24 日，宜兴市文化馆举办了"亦园元宵谜会"，不同寻常的是灯谜全部本土底材、原创专用，至 2017 年元宵节，连续 5 年举办了同样的谜会。此形式宜兴前所未有。灯谜均由宋惠中创作。

●2014 年 1 月 24 日，在宜兴市 2013 年度群众文艺创作总结表彰大会上，宋惠中发表于《阳羡文华》杂志的《原创宜兴本土灯谜一百则》荣获群文创作成果一等奖，这是灯谜作品首次获得该奖项。

●2014 年 5 月 18 日，宜兴市千壶艺术品有限公司微信公众平台"千壶网"发布"宜兴紫砂壶器型谜有奖竞猜"活动，奖品为宜兴紫砂系列产品实物，共举办18期，成为宜兴商家设奖微信猜谜第一例。谜题均由宋惠中原创专供。

●2015年1月，宜兴市广播电视台主管《陶都》杂志总第34期发表宋惠中《紫砂名家入谜来》，这是该刊首次发表灯谜原创作品。同年7月，该刊总第37期又发表宋惠中《紫砂壶器型之"谜"》。

●2015年6月，宜兴市总工会主管《宜兴工人》杂志总第19期发表宋惠中《宜兴元素觅谜趣》，这是该刊首次发表灯谜原创作品。

●2017年7月，宋惠中谜作"神州大地多时尚（港市股票）中国稀土"获全国第二届"素华杯"现代（白话）灯谜创作大赛三等奖。这是本世纪以来宜兴人首次在全国性灯谜赛事中获奖。

●2017年11月15日，宋惠中在宜兴市张渚中等专业学校作"灯谜常识一课通"讲座，这是宜兴市公开报道的灯谜专业教学首次进入校园、面向社会。

●2018年3月2日、3日，宜兴市文化中心在东氿广场举办"元宵猜灯谜"活动，前后展猜灯谜800条，是全市迄今历时最长、谜题数量最多、参与人数最多、奖品最丰富的一次猜谜活动。谜题均由宋惠中原创专供。

●2019年1月，宋惠中著《阳羡文虎——原创宜兴本土灯谜集》一书由经济日报出版社出版，这是宜兴历史上首部灯谜专著。

宜兴谜人谜事报道

1993年7月17日　第1881期　国内统一刊号：CN32—0009

·业余之星·

灯谜少尉——宋惠中

·王爱民　张根忠·

　　驻宜83016部队工兵营有位堰头乡的排长，名叫宋惠中，他猜谜语的名气要比他当排长的名气大得多，官兵们都亲切地称呼他"猜谜大王"。

　　宋惠中在读初中时，就爱猜谜，每逢家乡文化站举办猜灯谜活动，他总能"饮誉而归"。1988年他带着有关猜谜知识的书籍走进军营。1989年他考上了徐州工程兵指挥学院，在紧张学习、训练之余，他猜谜的兴趣有增无减。1991年10月，他作为徐州驻军代表参加全国双拥城灯谜大赛，获得三等奖。从此，一发不可收，连续在江西省《知识窗》杂志举办的灯谜会猜中多次获奖。1992年，宋惠中向《徐州日报》周末版开辟灯谜专栏，该报立即采纳了他的建议，每周都出一期《七彩灯谜》栏目。

　　宋惠中猜谜，激起了大家的兴趣，从此，他经常利用周末和节假日，举办小型猜谜晚会，还开设了"灯谜知识讲座"，悉心传授猜谜技术。谜猜得多了，也就自己想着制作灯谜。两年来，他先后在《解放军生活》、《晨春泥》、《扬子晚报》、《徐州日报》等10多家报刊，发表了自己制作的316则灯谜。

　　宋惠中毕业到部队后，充分发挥自己的特长，把战友的姓名、家乡和官兵训练生活、遇到的事情制作出灯谜来，让大家猜。一次，有位福建籍战士郑都颜，问宋排长能否把他的姓名编成灯谜，宋惠中想到他曾经看过的一部书名《苦恼人的笑》，就用它作谜面。他一说出口，战士们都叫妙。不久前，他们排进行爬山比赛，在山顶休息时，战士们又缠着他出谜大伙猜，他制作了"特别能战斗"，大家经他几次开导，才猜出原来是自己——工兵。宋惠中带领战士猜谜，引导战士用脑思考训练、生活中遇到的问题，经过近一年的努力，他们排的素质明显提高。在4月份连里组织军事考核中，他们排夺得6项第一、3项第二，成为连队的标杆排。最近，宋惠中又将他近10年的猜谜经验都写了出来，有11篇被报刊采用。

人民前线

RENMIN QIANXIAN

国内统一刊号 CN32—0049 代号 27—11

1993年10月23日 星期六 第6510期 南京军区政治部主办 内部发行

谜王

●杜坤强 张根忠

「我叫郁开颜，请你用我的名字打个谜语吧！」

「苦恼人的笑。」

「棒。」郁开颜大拇指竖得高高的。

精精瘦瘦的宋惠中，是八三〇一六部队工兵营的一名排长。大家都称他「谜王」。

宋惠中读初中时就爱猜谜。一九八八年，他带着一堆谜语知识书籍走进军营，在紧张的学习训练之余，他钻研灯谜。先后发表灯谜三百一十六则，还曾作为军队代表参加全国双拥城灯谜大赛，获得三等奖。

宋惠中充分发挥自己特长，给战友带来欢乐。一次野外训练休息时，他冲着围在身旁的战士眨眨眼说：「世界各国在眼前，长江大海不通船，高山不见一棵树，平地没有半分田——请打一样东西。」

战士们你瞧瞧我，我瞧瞧你，就是猜不出来。

「地图。」宋惠中谜底公布，众皆哗然。

军旗下的 你我他

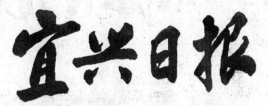

晴到多云 偏南风3-4级
0℃ - 11℃

2014年12月
23
星期二
农历甲午年
十一月初二

YiXing Daily

社长：程 伟　总编辑：芮占良　国内统一刊号：CN32-0009　广告经营许可证号：3202804800028

宜兴网·http://www.cnyixing.cn　新闻热线：(0510)87981161　广告热线：(0510)8799228

宜兴日报

□市井人物

灯谜能手

前不久，我的几位文友告诉我，无锡有个灯谜活动，我一下子想到了文友破浪。这个活动最适合他不过了，他可是我们文友中有名的灯谜能手啊！他不但会猜灯谜，更能制作灯谜。不料与破浪一说，他却没有空，让人遗憾。

破浪是一位四十多岁的中年男子，高高瘦瘦，眼里闪着睿智的光芒，他是机关工作人员，曾是宜兴网阳羡论坛上颇具人气的"红人"，每每发帖，多为热帖。最轰动的，是有次他将几个名网友的网名与网友的作品，巧妙地连成一个妙

趣横生的故事，引来无数喝彩。他最大的爱好是制作灯谜，还曾被称为"灯谜奇人"。

破浪先生这些年，工作之余专攻灯谜文化，而且将宜兴的风土人情融入其中，让人在猜灯谜中学到宜兴乡土文化知识。这其中有宜兴地名、土特产、传说故事及人名等。如阳羡茶的谜面，"洒西头、明月游，暮盼伊人，羊柳影间守"，很具古文功底，谜面似乎描绘了一幅月夜约会的美景，谜底却讲的是宜兴的茶。

破浪为了制作这些灯谜，可谓绞尽脑汁、费尽心思。宜兴一些主要网站，他都一一浏览，与宜兴文化有关的几本书，成为他的床头书，每天必看。一些灯谜很好编，一些灯谜却要想上几天，他不觉得累不觉得烦，乐在其中，执着探索。

破浪告诉我们，当他看过央视举办的大型灯谜活动后心潮澎湃，想象着有一天，如果宜兴灯谜也能走上猜谜活动的大舞台该多好。

他自己，一直在朝着这个方向努力。前年，有一家单位举办猜谜活动，就有不少宜兴特色鲜明的灯谜被他编入谜面中。

我记得，今年年初时在市文化馆举办的灯谜会，活动空前热烈。有文友告诉我，不少人早在活动开始前两小时就赶到了，活动开始后不到2小时，上百条灯谜就不见啦！而这上百条灯谜，竟都是破浪一个人花了十几天时间想出来的，几乎全部与宜兴的风土人情有关。

听一位文友说，他和到场的人攀谈过，居然很多都是破浪先生的粉丝。不少人边猜边查手机，想来通过这次猜灯谜活动，他们应该更加了解宜兴的风土人情了。

破浪也真是不易，他的本职工作是一名机关工作人员，平时工作很忙，八小时之外，便是创作独具本地特色的灯谜画。坚持了二十多年，估摸加起来也有近千条了吧！

更为难能可贵的是，破浪先生还有一副热心肠。去年，破浪因为自己创作的灯谜获了奖，并得上千元奖金，他却将这些奖金全部捐给了一家义工组织。好一个热心肠的兄弟！

（张荟）

2015年2月
星期三
25
今日1叠20版
乙未年正月初七

今 阴有雨 7℃~10℃
明 雨止转阴到多云 4℃~-9℃
后 多云转阴有雨 2℃~-5℃

江南晚报

主流 / 好看 / 有用

军转干部酷爱"悬谜射虎"
宜兴元宵谜会 3 年由一人"承包"

本报讯 春节一过，一年一度的宜兴元宵谜会就要登场了。今年宜兴元宵谜会将推出 300 条灯谜，在宜城水韵公园举办，这些灯谜全部出自宜兴农林局干部宋惠中之手。昨天下午，宋惠中高兴地告诉记者，灯谜已经准备就绪。这已经是他连续 3 年"包揽"宜兴元宵谜会的灯谜创作了。

"谜台高处乐相伴，挽弓射虎写人生。"用这句话形容宋惠中酷爱"悬谜射虎"很合适。宋惠中早在 30 年前即在《中学生读写》《暨春泥》《解放军生活》《中华谜报》《江南晚报》等

报刊发表原创灯谜，那时候，他还是一位年轻的军官。转业到地方后，这个爱好一直伴随着他。宋惠中热爱家乡宜兴，他创作的灯谜充满"宜兴味道"，多取材于宜兴乡土文化。今年的宜兴元宵谜会上，他创作的灯谜涵盖了宜兴历史名人、宜兴地名、宜兴名胜古迹、宜兴山川河流、宜兴名特产及宜兴非物质文化遗产传承项目名称等 18 个类别，内容纷繁，深受宜兴市民喜爱。譬如，一则灯谜谜面为"皆大欢喜"，要求猜宜兴特产名，谜底为宜兴出产的均陶。

宜兴元宵谜会主办单位是宜兴文化馆，宜兴文化馆书记王建平介绍，宋惠中连续多年为宜兴谜会提供原创灯谜，完全是义务劳动，乐在其中。目前，无锡灯谜作为江苏省非物质文化遗产项目，拥有明确的传承人和一大批射虎爱好者。其中，宋惠中是宜兴地区灯谜制作传承人。眼下，宋惠中正在整理自己悉心创作的灯谜，准备结集出版，书名暂定为《阳羡文虎——原创宜兴本土灯谜集》，"吟安一个谜，捻断数茎须"是宋惠中创作灯谜的真实写照。
(何小兵)

江南晚报 2016.2.23 星期二
责编 金钟 版式 高敏 校对 卢雯

原创灯谜难倒"度娘"
宜兴文化馆里闹元宵别开生面

本报讯 宜兴文化馆所在的亦园，前天下午成了当地市民闹元宵的"主阵地"。有来自太华山村的十番锣鼓、西乡青狮舞和舞龙灯等表演活动，场面喜庆。还有当地的徐舍小酥糖、官林牵油糕、高塍猪婆肉等传统副食展示，以及刻纸花艺术展览等等，吸引了民众广泛参与。

在亦园回廊和荷花池周围，猜灯谜活动如火如荼，一些市民习惯性掏出手机试图通过百度搜索谜底，结果很失望，原来这些谜语由专人制作，属于原创"射虎"作品。

这些灯谜的谜面悉数由宜兴农林局机关干部宋惠中创作。宋惠中热爱家乡，创作的灯谜充满"宜兴味道"。他创作的灯谜涵盖了宜兴陶艺名人、宜兴地名、宜兴名胜古迹、宜兴山川河流、宜兴名特产及宜兴非物质文化遗产传承项目名称等 18 个类别，深受市民喜爱。"谜台高处乐相伴，挽弓射虎写人生。"用这句话形容宋惠中酷爱"悬谜射虎"很合适。宋惠中早在 30 年前即在《中学生读写》《暨春泥》《解放军生活》《中华谜报》《江南晚报》等报刊发表原创

灯谜，那时候，他还是一位年轻的军官。转业到地方之后，这个爱好一直伴随着他。眼下，宋惠中正在整理自己创作的灯谜，准备结集出版。

据宜兴文化馆书记王建平介绍，此次闹元宵主题活动融是展示宜兴社会文化和非物质遗产项目的契机，在活动内容和形式上注重群众参与度、事半功倍。在展示的宜兴刻纸艺术作品中，剪纸《高尔基》是宜兴已故刻纸艺术家芮金富的作品，曾经发表在前苏联《真理报》头版头条位置，郭沫若为此题词赞美。

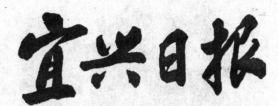

晴到多云
偏西风3-4级 5℃ - 19℃
2015年3月
13
星期五
农历乙未年
正月廿三
YiXing Daily

宜兴日报

·社长:程 伟 总编辑:芮占良 国内统一刊号:CN32-0009 广告经营许可证号:3202804800
·宜兴网:http://www.cnyixing.cn 新闻热线:(0510)87981161 广告热线:(0510)879

讲究私人定制 展现陶都风貌

“灯谜达人”宋惠中的家乡情

元宵节虽然已经过去,但作为连续三年宜兴元宵谜会所有灯谜的“特供商”,市作家协会会员宋惠中并没有闲下来。最近,他正忙着整理近年来创作的600则宜兴本土灯谜,准备结集出版,致力把宜兴深厚的人文底蕴和经济社会发展成就等展示给更多人。

今年47岁的宋惠中是一名灯谜爱好者。小学时,他就感觉小小的谜语蕴含着汉字的无穷魅力和丰富的信息量,每猜中一则谜,他都会开心好久。读初中时,宋惠中对灯谜的热爱已经不限于“猜”,创作灯谜成为他的另一乐趣。1987年底入伍来到军营后,在紧张学习、训练之余,他制谜的兴趣有增无减,常常把战友的姓名、家乡和官兵训练生活等元素制成灯谜让大家猜。在此期间,他还在《垦春泥》《中学生读写》《解放军生活》《宜兴日报》等刊物上发表了不少谜作和谜论。然而,在灯谜创作过程中,宋惠中也曾感到困惑,“写写画画尚能成‘家’成‘器’,这不起眼的灯谜能成气候吗?”因觉得“玩谜丧志”,他将这一兴趣搁置了十余年。

2009年,宋惠中从驻宜武警某部转业到地方工作。闲暇时,他偶尔会在宜兴网等网站发帖子,有时会随手编些网名谜、宜兴人名地名谜供网友们娱乐,没想到却越来越有人气,网友们都觉得这样的谜语有趣又接地气。而真正让宋惠中想“重操谜业”的,是因为宜兴网网友“小坏蛋”——市文化馆党支部书记王建平的一个创意。一次偶然的机会,两人谈到虽然宜兴各类猜谜活动常见,但灯谜大多是书报刊可见、百度网能搜,缺乏个性和“宜兴味道”。何不利用宜兴丰富的历史文化资源,创作一些本土灯谜,让市民在猜谜的同时,了解宜兴的文化和经济社会发展情况呢?两人当场一拍即合,由宋惠中负责创作,市文化馆提供平台,在宜兴元宵谜会展示纯正的“宜兴版”灯谜。

按框定的谜底和谜目制作谜面,谜界谓之“与虎谋皮”,要将宜兴元素作为底材,创作本土、专用的谜面,难度不小,有时候一天也不见得能创作出一则。因此,工作繁忙的宋惠中,把大量的业余时间花在浏览机关单位网站动态信息、阅读宜兴历史文化书籍等方面。在制谜的过程中,宋惠中也深切感受着家乡的人文底蕴和繁荣发展。他说:“紫砂壶型多种多样、古桥名称妙趣横生、名牌商标不断涌现,我希望宜兴最美的元素都能通过这些灯谜展示出来,就算猜谜者通过网络搜索,他们搜的也不是最终答案,而是宜兴的历史知识和发展动态!”

宜兴历史名人、陶艺名人、山岭名、企业名、非遗项目……从2013年开始,宋惠中连续三年“承包”了宜兴元宵谜会,制作了18类、600则极具宜兴本土风味的灯谜作品,其中不仅包含宜兴历史文化资源,也反映城市变化。眼下,他正忙着灯谜作品集——《阳羡文虎——原创宜兴本土灯谜集》编辑出版的相关事宜。他说,与无锡灯谜拥有明确传承人和一大批爱好者相比,宜兴本土灯谜稍显“冷清”。身为宜兴人,他想通过灯谜这个传统文化载体,全方位聚焦和传扬宜兴这方水土的特色与魅力,让市民在享受猜谜之乐的同时,使宜兴印象深入人心。 (本报见习记者 张云芳)

【2015 年 3 月 9 日宜兴电视台专题报道】

灯谜猜射法浅说

XUZHOU RIBAO

1992年1月4日　星期六、农历辛未年十一月三十　第3841期

国内统一刊号CN32— 0051　　总编辑　丁爱华

　　灯谜，是我国文艺百花园中一朵独具异香的小花。她雅俗共赏，手法多样，涉猎面广，能使人增长知识，陶冶情操，启迪思维，愈来愈受广大群众喜爱。本文就目前常见谜法，介绍猜射灯谜的基本思路、途径，帮助初学者入门。

　　灯谜的主要特点是利用文字义、形、音的变化及语法、修辞的特征，通过别解（而不是直接注释原意）来扣合谜底。猜谜者不可拘泥于谜面所表达的含义，罗辑捕捉有别本意的歧义，再寻求谜底。那么，猜射一则灯谜该如何入手呢？

　　首先，考虑谜面的文义，多角度地分析、归纳、概括、推敲出谜底。这叫文义分析法，即会意法。可以以下角度出发猜射，直接以正面（正扣法）：特别能战斗　打军名词"工兵"。间接以反面（反扣法）：必须生产合格产品　打成语"不可造次"。从侧面烘托（侧扣法）：蒋叔都不写名字　打出版名词"统一书号"（过去文人学士有名、字、号之分）。把谜面分成若干局部断章取义（分扣法）：三八二十四　打体育项目"女子双打"。用彼此关联、互为对象的字替代（假借法）：上海籍　打字"伸"。现据诗词句、联系上、下句文义（承启法）：山中无老虎　打法律名词"申诉、自首"（"申"假借猴子）。把谜面条件、因素进行数量积累或概念归纳（归纳法）：江淮河汉　打省名"四川"。联想到事物或动作的特征、形态（特征法）：百年松柏老芭蕉　打成语"粗枝大叶"。

　　如果分析字义没有突破时，则需变换思路，采用字形分析法，即拆字扣法。就是不考虑谜面字句涵义，而是根据带有增减、组合、方位、包含等意义的字眼提示，以及抓住文字结构、笔画比拟成的形象求得谜底。常见类型有：增补字、都首、偏旁、笔画（增画法）：如尹　打服装名称"进口连衣裙"。与其相反（损减法）：他们两人不在　打国名"也门"。将谜面隐含的笔画、偏旁、都首先分离后组合（离合法）：破临录人才　打字"财"（"格"比拟为"口"）。根据具有方位意义的文字对笔画结构作相应处置（方位法）：陕西省西安人　打字"陕"（"省"别解为省略）。取谜面文字的共同部分（包含法）：甜咸苦辣各味俱备　打字"口"。把字或某局部影子成简练的图画、形象（象形法）：浪遏飞舟　打字"心"。字谜多用字形分析法猜射。

　　当分别用会意、拆字法仍探索不出谜底时，则须双管齐下，用形义综合法，即混扣法。许多灯谜手法基本不是单一的，猜时得将以上方法融汇贯通。现举两例，说话十分体贴士兵打棋手名"谢军"（说话扣"言"，十分为一"寸"，体同"身"，三者贴成"谢"）。雁阵已飞塞雨前　打成语"人走茶凉"（雁阵象形"人"，飞会意"走"。雨前假借"茶"，寒会意"凉"）。

　　至于"谜格"，它是向高难度发展的产物。随着灯谜技巧的提高，已用之甚少，这里不作赘述。

　　　　　　　　　　●宋惠中

报刊发表谜作选

1. 初心人三昧（7 笔字） 旷

注：面出［宋］蔡卞《楞严经偈》。"心人三昧"初始笔划部首合成。

2. 三吴佳县首（8 笔字） 侗

注：面出［宋］司马光《送扬太祝知长洲县》

3. 起唤清风画中来（字） 活

注："唤清风"起笔"口、氵、丿"、"画"中"十"整合

4. 除权前不要买卖（字） 支

5. 先生下笔与春谋（异体字） 秏

注：面出［宋］朱翌《题山谷姚黄梅花》

6. 不偏不倚，不歪不斜（字） 罡

7. 纵横得自由（字） 咱

注：面出［宋］释普宁《偈颂四十一首其一》。纵横象形"十"

8. 日星隐曜，山岳潜形（物理名词） 无光态

注：面出［宋］范仲淹《岳阳楼记》

9. 独与山中人，始随芳草去（四川地名） 什邡

注：前句出自［唐］刘长卿《宿双峰寺寄卢七李十六》，后

句出自［宋］释重显《颂一百则》

10. 云鬓丹巾裹（福利行为）　　　　　　　　　发红包

11. 夜分起展烛（交通用语）　　　　　　　　　晚点

注：面出［宋］赵孟坚《漕使李宝文先生除宣城守》

12. 万化得纵横（日化品牌）　　　　　　　　　力士

注：面出［宋］释正觉《禅人并化主写真求赞》。"万"、"十（纵横）"整合

13. 御用军（专技职称）　　　　　　　　　　　主任护师

注：面解作皇上使用的护卫部队。主，君主、皇上。

14. 定三分隆中决策（计量仪器）　　　　　　　亮度计

注：面系《三国演义》第三十八回回目。亮，诸葛亮；度，揣度

15. 呈报真凭据，挑明列过错（股市术语）　　　上证指数

注：土，别解为俗气、不合潮流。

16. 谁家不换桃符句（深市股票·上楼格）　　　易联众

注：面出［宋］朱南杰《除夜怀刘朋山为坑司干官》

17. 故人书信来（深市股票）　　　　　　　　　友讯达

注：面出［唐］刘禹锡《途次大梁，雪中奉天平令狐相公书问，兼示新》

18. 马汉思想（深市股票）　　　　　　　　　　海得控制

注：美国阿尔弗雷德·赛耶·马汉，海权论鼻祖。

19. 推弱燕之兵，破强齐之雠，屠七十城（新三板股票）

　　　　　　　　　　　　　　　　　　　　毅能达

注：面出［西汉］刘向《新序杂事二》。面拢意：乐毅能干所实现。此为历史上以弱制强经典战例。

20. 晓色又催人去（骊珠格）　　　　　　　　　行当·旦

注：面出［宋］无名氏《谒金门·江上路》

21. 遥看稻菽浪，喜迎丰收临（深市股票二）

远望谷，欣旺达

22. 刚获季军表情僵（股市术语）　　　　　　新三板

23. 听错了海派老歌声（电脑品牌三）　TCL，HP，LG

注：取各字声母

24. 锐然颖脱出嚣尘（股市术语）　　　　　　利空

注：面出［元］王哲《浣溪沙》。空，腾空而出。

25. 六对人完婚（股市术语）　　　　　　　　打新

注：打，作量词，十二个。

26. 瞧不起懦弱躲避（保护动物）　　　　　　小熊猫

27. 一再扫荡钢锯岭（国内世界自然遗产）　　三清山

28. 求亮工压阵（北京景点）　　　　　　　　祈年殿

注：亮工，年羹尧之字；殿，有"殿后、压阵"之义

29. 皇帝梦破灭（国内世界自然遗产·秋千格）黄龙

30. 森秀拔地起（江苏非遗传承人）　　　　　陆林生

注：面出［宋］刘克庄《伏波岩》

31. 圣人如日月（网络作家）　　　　　　　　贤亮

注：面出［宋］白珽《吴季子墓》

32. 照镜见白发（江浙菜系名小吃·卷帘格）　银丝面

注：面出［唐］张九龄《照镜见白发》

33. 老树着花无丑枝（华裔女法官）　　　　　陈开美

注：面出［宋］梅尧臣《东溪》

34. 太阳所烛皆萌达（气候用语）　　　　　　日照长

注：面出［宋］刘克庄《初秋感事三首》。萌达，生长

35. 和尚伸环指（成语）　　　　　　　　师出无名

注：环指，即无名指。

36. 穿得暖吃得饱睡得香（成语）　　　　　　衣食住行

37. 兵临西域落败逃（江苏市辖区名二）　　　武进、新北

注：常州区名。新疆古称西域。

38. 枯叶声起独了结（水果名）　　　　　　　桔子

39. 为官刚直遇责难（经济人物）　　　　　　任正非

40. 是非不分，人无忠心（中药）　　　　　　杜仲

注："是非"扣"＋—"，"不"分成"一丿丨丶"，合"杜"

41. 雨骤（3字交通用语）　　　　　　　　　下高速

42. 排名第三，排行第一（职务冠姓）　　　　季军长

43. 车把升高掉个尾（3字民间谚语）　　　　龙抬头

注：车把，龙头；面义扣"龙头抬"，掉尾格。

44. 强国无外患（时政热点新词）　　　　　　雄安

45. 识别希望曲（网络金融服务商）　　　　　分期乐

注：希望曲，以色列国歌。分，辨认、识别；期，希望；
曲，乐

46. 时光早晚到天涯（戏曲角色）　　　　　　旦儿

注：面出［唐］张祜《破阵乐》。"时光"早晚扣"日、
儿"，"天"涯扣"一"

47. 作安排总露凶相（传统工艺品）　　　　　布老虎

48. 珠玉行（资本集团）　　　　　　　　　　宝能

注：营业场所之"行（háng）"别解为能干之"行"
（xíng）。

49. 秋千宅院悄悄（宗教处所）　　　　　　　静房

注：面出［宋］欧阳修《洞天春》。秋千格

50. 就职惹非议（陆游四字词句）　　　　　　任人道错

注：任，任职。底见《解连环·泪淹妆薄》："尽今生、拼了为伊，~"

51. 匈奴君主践主张（交通用语）　　　　　　　单行道

注：单［chán］于，古代匈奴君主的称号；行道，实践自我主张或所学

52. 主场、客场（军队新机构二）　　　东部战区、西部战区

53. 吃饱喝足胆子大（地理名词）　　　　　　　果敢

54. 弱冠之年如日中天（公元纪年）　　　　　　2001

注："日"象形，中"天"形扣"一"。

55. 奉佛物品送一旁（经济名词）　　　　　　　供给侧

56. 孩提时代吃荤少（网络新称谓）　　　　　　小鲜肉

57. 学前辈行万里，集优点谋进步（军队职务四）

　　　　　　　　　　　　师长，旅长，团长，营长

注：长［zhǎng］，前辈、长进；长［cháng］，长远、优长。

58. 半江瑟瑟半江红（陆游四字词句）　　　　　浮翠流丹

注：面出［唐］白居易《暮江吟》）。瑟瑟，碧绿色。底见陆游《安稳寺修钟楼疏》："~，倘复还于巨丽"

59. 云收雾卷丹霄（2字新称谓）　　　　　　　网红

注：面出［宋］傅得一《临终诗》

60. 八闽首邑被重视（经济人物）　　　　　　　侯为贵

注：八闽首邑即闽侯县，简称"侯"

61. 年少风流付与君（白酒名）　　　　　　　　青花郎

注：面出［宋］徐俯《鹧鸪天·绿水名园不是村》。青，喻年少；花，风流浪荡。

62. 一带一路联南北（字）　　　　　　　　　　璐

63. 局面日改革（网络小说名·白头格）　　　　刑天变

注：面出［宋］五迈《书怀奉简黄成甫史君》。局面，义扣
"形"，按格法以谐音字"刑"替代。

64. 武当青士回上庸（水果名）　　　　　　　　　　山竹

注：双扣。武当山位于湖北十堰市；青士，竹的别称。回，
调转，位置提示；上庸，湖北十堰市竹山县古称。

65. 久居异乡之兄（俗称谓二）　　　　　　　　老外，的哥

66. 我国的教育机构，从幼儿园到高等学府，要面向世界改
进（军衔四）

中校，少校，上校，大校

注：校［jiào］，校正、改进

（以上散见《旅游导报》、《徐州日报》、《中华谜报》、《江南
晚报》、《智力》、《中华灯谜》、《中华谜艺》、《文虎摘锦》、《春
灯》、《中国灯谜》等报刊，未含本土题材谜）

后 记

    宜兴,公元前221年建成的阳羡县,素以"风土之清嘉,人文之秀伟"而著称,如今更是享誉大江南北的中国陶都、教授之乡、书画之乡、国家历史文化名城、国家生态市、全国文化先进县、中国优秀旅游城市、中国最具幸福感城市、全国文明城市……宜兴灵秀的山川、丰饶的物产、敦朴的民风、厚重的文脉,为繁荣发展当代文化培植了腴沃的土壤。身为宜兴一分子、文艺队伍一员,陶醉之余,多想为家乡做做这方面文章,哪怕一丁点儿。

    小学时代,我就喜欢上了灯谜。感觉小小的谜,赋存着汉语言文字无穷的魅力,包孕着丰富的知识点、信息量,猜中一则谜,制成一则谜,常常令我怡然自乐。然而,我这兴趣一搁置就是十余年,乃觉得"玩谜丧志",写写画画皆能成"家"、成"器",不起眼又伤脑筋的灯谜,路在何方?2009年从部队转业回来,闲暇时偶尔上上本地BBS(最早是宜兴网阳羡论坛),发发互动小帖子,其中信手编了些网名谜、宜兴人名地名谜之类给大家猜着玩,没想到愈来愈有人气,网友们反映这样的谜特亲切、蛮新鲜、挺有趣。2012年,宜兴市广播电视台陶都传媒网率先邀我主持网络有奖猜谜活动,历时两年。2013年起,经宜兴市文广新局剧目创作室主任兼文化馆支部书记王建平引荐,市文化馆、市文化中心连续6年采用我原创的本土题材灯谜举办元宵谜会。

自此，我便"谜"途不知返了。本书汇集的灯谜拙作，就是这些年谜事活动给"逼"出来的，也算是"十年磨一剑"吧。

玩灯谜，本无名利可言。囿于圈内的自娱自乐，非我所好。记得习总书记强调：文艺要坚持为人民服务、为社会主义服务这个根本方向。我想，灯谜作为中华传统文化艺术的一种形式，也只有植根实践、贡献社会、贴近大众，才能彰显其意义和价值，才富有生命力。倘若，这本灯谜小册子能传播一点正能量，带来些许积极效应，受到更多人欢迎，我将倍加欣慰和无上快乐。借此说一声：本地单位和个人如有意组织原创灯谜竞猜活动或灯谜知识讲座，本人乐意而为、无偿效劳。

衷心感谢宜兴市宣传部门、文化部门及有关媒体为我搭建平台，让我这点微不足道的雕虫小技有了用武之地。特别感谢无锡市民间文艺家协会的提携扶持，尤其是副主席兼无锡市灯谜学会会长、我"谜"途唯一引路人——项行先生的悉心指点，使我明了方向、长了见识、添了信心，并承蒙拨冗题字、作序、考证谜史、斧正谜作，为拙著添辉增色。一并感谢其他本乡本土亲们的抬爱，对拙谜热心垂注、传扬、应用，予我莫大的动力，我会记住这些名字——丁焕新、王永君、王爱民、王琴、齐永明、李传云、任宣平、许琦、何小兵、余中民、杨芝琴、宋杏芬、张云芳、张芸、张根忠、杜坤强、吴军霞、吴建平、陈春华、张朝辉、邵湘君、邵静芳、周波、周映、周薇平、赵文华、胥荣良、胡雅萍、徐风、徐建亚、黄宁霞、蒋平、嵇红东……

限于学识水平，个中讹误、疏漏、撞车在所难免，恳请方家和读者朋友批评指正！

宋惠中
2018 年 11 月于氿浪间